COLLECTION MICHEL LÉVY

— 1 franc le Volume —

1 franc 25 centimes dans les gares de chemins de fer et à l'Étranger

GEORGE SAND

— ŒUVRES —

L'HOMME DE NEIGE

I

PARIS

MICHEL LÉVY FRÈRES, LIBRAIRES-ÉDITEURS

RUE VIVIENNE, 2 BIS

—

1861

COLLECTION MICHEL LÉVY

ŒUVRES

DE

GEORGE SAND

OUVRAGES

DE

GEORGE SAND

Parus dans la Collection Michel Lévy

— Troyes, typ. et stér. de G. Bertrand. —

L'HOMME
DE NEIGE

PAR

GEORGE SAND

PREMIÈRE SÉRIE

NOUVELLE ÉDITION

PARIS

MICHEL LÉVY FRÈRES, LIBRAIRES-ÉDITEURS

RUE VIVIENNE, 2 BIS

1861

L'HOMME DE NEIGE

A MAURICE SAND

Nous prions le lecteur de vouloir bien entrer avec nous au cœur du sujet de cette histoire, comme il fait quand, au théâtre, la toile se lève sur une situation que les personnages vont lui révéler.

De même, et par conséquent, nous le prions de pénétrer avec nous d'emblée dans le centre de la localité où se passe l'aventure, avec cette différence qu'au théâtre le rideau se lève rarement sur une scène vide, et qu'ici, le lecteur et moi allons nous trouver quelques instants tête à tête.

C'est dans un local assez bizarre et peu réjouissant que nous voici transportés : salle carrée, régulière au premier coup d'œil, mais dont un des angles rentre évidemment plus que les trois autres, pour

peu qu'on observe le carré du plafond de bois
sombre, dont les solives en saillie sont engagées
plus que de raison dans le coin qui répond au nord-
est.

Cette irrégularité est, d'ailleurs, rendue plus frap-
pante par la présence d'un escalier de bois dont la
rampe se découpe en balustres d'une menuiserie
assez recherchée, ouvrage d'un caractère massif
qui paraît de la fin du xvi⁰ siècle ou du commencement du xvii⁰. Cet escalier monte six marches,
se repose à un petit palier, tourne carrément,
et va engager la dernière de ses six autres marches
dans la muraille. Il y a eu là autrefois, évidemment,
une porte qui a été supprimée. Les dispositions de
l'édifice ont été changées ; on eût dû supprimer également l'escalier, qui ne sert plus qu'à encombrer
l'appartement. Pourquoi ne l'a-t-on pas fait ? Telle
est, cher lecteur, la question que nous nous adres-
sons l'un à l'autre. Malgré cette preuve de respect ou
d'indifférence, la pièce que nous explorons a conservé intact son antique confort. Un vaste poêle cir-
culaire, où depuis longtemps on n'a pas allumé de
feu, sert de support à une très-belle pendule dans
le genre de Boule, dont les vitres ternies et presque
irisées par l'humidité envoient dans l'ombre des reflets métalliques. Un joli lustre de cuivre, dans le goût

hollandais, descend du plafond, et, couvert d'une
épaisse couche d'oxyde, ressemble à un bijou de
malachite. Onze bougies de cire, intactes bien que
jaunies par le temps, se dressent encore dans ces
vastes bobèches de métal qui avaient l'avantage de
ne pas laisser perdre une goutte de cire, et le désagrément de répandre sur le bas de l'appartement une
ombre épaisse, tandis que toute la clarté était renvoyée au plafond.

La douzième bougie de ce lustre est consumée
jusqu'aux trois quarts. Cette circonstance nous
frappe, ami lecteur, parce que nous regardons toutes
choses avec attention ; mais elle aurait fort bien pu
nous échapper à cause de l'étrange ornement qui
couvre en partie le lustre et ses bougies, et qui re-
tombe en plis opaques le long de ses branches. Vous
croyez peut-être que c'est un lambeau d'étamine
grise jeté là jadis pour préserver les cuivres. Tou-
chez-y, si vous pouvez y atteindre : vous verrez que
c'est un amas quasi parchemineux de toiles d'araignée couvertes de poussière.

Ces toiles d'araignée sont, d'ailleurs, partout, le
long des cadres enfumés des grands portraits de
famille qui occupent trois parois de l'appartement ;
elles forment aux angles des murs des festons super-
posés avec une sorte de régularité, comme si, sous

la forme d'une araignée, quelque parque austère et diligente eût entrepris de tapisser ces lambris déserts et d'en voiler le moindre recoin.

Mais, d'araignées, vous n'en trouverez pas une : le froid les a endormies ou tuées, et, si vous êtes forcé, ce que je ne vous souhaite pas, de passer la nuit dans cette lugubre salle, vous n'aurez même pas, pour vous distraire de la solitude, le bruit régulier de l'insecte travailleur. La pendule, dont le tic tac ressemble à celui de l'araignée, est également muette. Son aiguille est arrêtée sur quatre heures du matin, Dieu sait depuis combien d'années !

Je dis quatre heures du matin, vu que, dans le pays où nous voici, la sonnerie des anciennes horloges indiquait parfois la différence des heures de la nuit avec celles du jour, par la raison qu'en ce pays nous avons des jours de cinq heures, et, partant, des nuits de dix-neuf. Pour peu que la fatigue du voyage vous procurât un long sommeil, vous risqueriez de ne pas savoir, en vous éveillant, si vous êtes au lendemain ou au surlendemain de votre arrivée. Si la pendule était remontée, elle vous le dirait ; mais elle ne l'est pas, et Dieu sait si elle pourrait l'être.

Dans quel pays sommes-nous donc ? Nous allons le savoir sans sortir de la chambre. Sur tout le haut de la paroi irrégulière à laquelle se soude l'escalier, et

dont plus de la moitié inférieure est revêtue, comme
les autres, d'un lambris de chêne, nous voyons de
grandes pancartes placées là peut-être à cause de
leur forme. Plus larges que hautes, elles meublent
la portion du mur que ne couvre pas la boiserie.
Elles y sont donc reléguées plutôt qu'exhibées, et il
nous faudra monter les douze marches de cet escalier engagé dans la muraille pour nous convaincre
que ces longues bandes de parchemin, coloriées dans
les tons les plus durs, sont des cartes de géographie
ou de navigation, et des plans de villes fortes.

L'escalier nous conduit précisément à la hauteur
de celle de ces cartes qui représente la localité, et
qui a été mise là sans doute pour pouvoir être con-
sultée au besoin, ou pour masquer la place d'une
porte supprimée.

Ce gros serpent vert qui monte au milieu du tableau, c'est la mer Baltique. Je présume que vous la
reconnaissez à sa forme de dauphin à double queue,
et aux innombrables déchiquetures de ses *fiords*,
golfes étroits et sinueux qui entrent profondément
dans les terres et les rochers.

Ne vous égarez pas du côté de la Finlande, qui est
là enluminée en jaune d'ocre : cherchez sur l'autre
rive la partie moyenne de la Suède coloriée en lie de
vin, et vous reconnaîtrez, à ses lacs, à ses rivières, à

ses montagnes, la province de Dalécarlie, contrée
encore passablement sauvage à l'époque où ce récit
va nous transporter, c'est-à-dire au siècle dernier,
vers la fin du règne bénévole et tracassé d'Adolphe-
Frédéric de Holstein-Gottorp, ancien évêque protes-
tant de Lubeck, marié ensuite à Ulrique de Prusse,
l'amie de Voltaire, la sœur de Frédéric le Grand ;
enfin, autant que je puis croire, nous sommes
en 1770.

Un peu plus tard, nous verrons l'aspect de cette
contrée. Qu'il vous suffise quant à présent, cher lecteur, de savoir que vous êtes dans un vieux petit château perché sur un roc, au beau milieu d'un lac
glacé ; ce qui naturellement doit vous faire supposer
que je vous y transporte en plein hiver.

Un dernier coup d'œil sur la chambre pendant
qu'elle est à nous ; car, toute triste et froide qu'elle
est, on va bientôt se la disputer. Elle est meublée de
vieux siéges de bois assez artistement travaillés,
mais massifs et incommodes. Un seul fauteuil relati-
vement moderne, c'est-à-dire un fauteuil du temps
de Louis XIV, couvert d'une soie jaunie et tachée,
mais encore assez moelleux et d'une forme commode
pour dormir, semble fourvoyé dans l'austère compagnie de ces chaises vermoulues à grands dossiers,
qui, depuis plus de vingt ans, n'ont pas quitté la mu-

raille. Enfin, dans un angle opposé à celui de l'escalier, un vieux lit à quatre colonnes torses, garni de rideaux de soie usée, ajoute par son délabrement à l'aspect sinistre et désolé du local.

Mais retirons-nous, lecteur. La porte s'ouvre, et vous êtes forcé désormais de vous en rapporter à moi pour savoir de quels événements passés et futurs je viens de vous montrer le théâtre.

I

Il y avait un bon quart d'heure que l'on frappait et
sonnait à la porte extérieure du gothique manoir de
Stollborg ; mais la bourrasque soufflait si fort, et le
vieux Stenson était si sourd !... Il était bien servi par
son neveu, qui avait l'oreille moins dure ; mais ce
neveu, le blond et colossal Ulphilas, croyait aux
esprits et ne se souciait pas d'aller leur ouvrir.
M. Stenson (l'ancien régisseur du baron de Waldemora), malingre et d'un caractère mélancolique, habitait un des pavillons du vieux castel délabré et délaissé dont il avait la jouissance et la garde. Il lui
sembla bien que l'on frappait à la porte du préau ;
mais Ulphilas lui fit judicieusement observer que
les lutins et les *trolls* du lac n'en faisaient jamais
d'autres. Stenson reprit en soupirant la lecture de
sa vieille Bible, et alla se coucher peu d'instants
après.

Si bien que ceux qui frappaient s'impatientèrent jusqu'à faire sauter le pêne de la serrure, entrèrent dans le préau, et, trouvant un péristyle étroit au rez-de-chaussée, s'introduisirent avec leur âne jusque dans la salle ci-dessus décrite, et que l'on nommait la *chambre de l'ourse*, à cause de l'animal couronné sculpté sur l'écusson armorial au-dessus de la fenêtre à l'extérieur.

La porte de cette chambre était fermée ordinairement. Elle ne l'était pas ce jour-là, circonstance particulière dont s'inquiétèrent fort peu les survenants.

Les nouveaux hôtes du Stollborg étaient deux personnages assez étranges. L'un, couvert de peaux de mouton, ressemblait à ces fantômes informes qui servent d'épouvantails contre les oiseaux dans les jardins et chènevières; l'autre, plus grand et mieux tourné, ressemblait à un brigand italien de bonne humeur.

L'âne était un bel âne, robuste, chargé comme un bœuf, et tellement habitué aux aventures de voyage, qu'il ne fit aucune difficulté pour monter quelques marches, et ne témoigna aucun étonnement de se trouver sur un plancher de sapin au lieu de rencontrer la litière d'une écurie. Pourtant il était malade, le pauvre âne, et ce fut la première préoccu-

pation du plus grand des deux voyageurs qui le
conduisaient.

— Puffo, dit-il en posant sa lanterne sur une
grande table qui occupait le milieu de la chambre
de l'ourse, Jean est enrhumé. Le voilà qui tousse à
se fendre les poumons.

— Parbleu, et moi ! répondit Puffo en italien, c'est-
à-dire dans la même langue dont s'était servi son
compagnon : croyez-vous, patron, que je sois frais
et gaillard depuis que vous me promenez dans ce
pays du diable ?

— J'ai froid aussi, et je suis las, reprit celui que
Puffo appelait son patron ; mais de quoi servirait de
nous plaindre ? Nous y voilà, et il s'agit de ne pas s'y
laisser mourir de froid. Regarde si c'est bien là la
chambre de l'ourse dont on nous a parlé.

— A quoi la reconnaîtrai-je ?

— A ses cartes de géographie et à son escalier qui
ne mène à rien. N'est-ce pas ainsi qu'on nous a dit
là-bas à la ferme ?

— Je n'en sais rien, répondit Puffo. Je n'entends
pas leur chien de patois.

En parlant ainsi, Puffo prit la lanterne, puis l'é-
leva plus haut que sa tête et dit avec humeur :

— Est-ce que je connais la géographie, moi ?

Le patron leva les yeux et dit :

— C'est bien ça. Voilà les cartes, et ici, ajouta-t-il en enjambant lestement l'escalier de bois et en soulevant la carte de Suède qui se présentait devant lui, voilà l'endroit muré. C'est bien, Puffo, ne nous désolons pas. La chambre est bien close, et nous y dormirons comme des princes.

— Je n'y vois pourtant pas... Ah! si fait, voilà un lit; mais il n'y a ni matelas, ni couchette, et on nous avait parlé de deux bons lits!

— Sybarite! il te faut des lits partout, à toi!... Voyons, regarde s'il y a du bois dans le poêle, et allume le feu.

— Du bois? Non, il y a de la houille.

— C'est encore mieux. Allume, mon garçon, allume! Moi, je vais m'occuper de ce pauvre Jean.

Et, prenant un lambeau de tapis qui traînait devant le poêle, le patron se mit à frotter l'âne si résolûment, qu'en peu d'instants il se sentit tout réchauffé lui-même.

— On m'avait bien averti, dit-il à Puffo, qui allumait le poêle, qu'au delà du 52e degré les ânes souffraient du froid; mais je ne le croyais pas. Je me disais que l'âne était moins délicat que le cheval, qui vit en Laponie... et, d'ailleurs, celui-ci est d'une si belle santé et d'un si bon caractère!... Espérons qu'il fera comme nous, et qu'il n'en mourra pas pour quelques jours. Il n'a pas encore refusé le service, et la pauvre bête porte docilement sur son dos ce que deux chevaux ne porteraient peut-être pas sans se faire prier !

— C'est égal ! reprit Puffo agenouillé devant le poêle, qui commençait à gronder et à faire mine de se bien conduire, vous auriez dû le vendre à Stockholm, où il faisait envie à tant de gens.

— Vendre Jean ! pour qu'il soit empaillé dans un musée ? Ma foi, non ! Voilà une année de bons services qu'il m'a rendus, et je l'aime, moi, ce fidèle serviteur. Qui sait, Puffo, si j'en pourrai dire autant de toi dans un an ?

— Merci, patron Cristiano ! ça m'est égal. Je ne suis pas pour le sentiment, moi, et je me moque bien de l'âne, pourvu que je trouve à boire et à manger quelque part.

— Ça, c'est une idée. Le sentiment n'empêche pas l'appétit, et j'ai aussi une faim de tous les diables. Voyons, Puffo ; soyons judicieux et récapitulons. On nous a dit au château neuf : « Il n'y a pas de place ici pour vous. Quand vous viendriez au nom du roi, vous ne trouveriez pas un coin grand comme la main pour vous loger. Allez voir à la ferme. » A la ferme, on nous a dit la même chose ; mais on nous a donné une lanterne en nous montrant un chemin frayé sur la glace du lac, et en nous conseillant d'aller au château vieux. Le chemin n'était pas joli, j'en conviens, à travers ces tourbillons de neige ; mais il n'est pas long. Dix minutes de marche tout au plus !

— Il faut pourtant que tu te décides à repasser ce bout de lac, si tu veux souper.

— Et si on nous renvoie de la ferme comme on nous a renvoyés du château neuf ? On nous dira peut-être qu'il y a trop de monde à nourrir, et qu'il ne reste pas un morceau de pain pour des gens faits comme nous.

— La vérité est que nous n'avons pas bonne mine. C'est ce qui me fait craindre d'être reçu à coups de fusil par ce bon M. Stenson, le vieux régisseur qui demeure quelque part ici, et qui est fort maussade, à ce qu'on assure ; mais écoute, Puffo : ou le bonhomme dort serré, puisque nous avons pu enfoncer la porte du préau et arriver jusqu'à cette chambre sans obstacle, ou le vent fait un bruit qui couvre tout. Eh bien, nous allons nous introduire furtivement dans sa cuisine, et c'est bien le diable si nous n'y trouvons pas quelque chose.

— Merci, dit Puffo, j'aime encore mieux repasser le lac et aller à la ferme. Là, les gens, quoique affairés, étaient fort polis, tandis que le vieux Stenson est méchant et rageur, à ce qu'il paraît.

—Suis ton inspiration, mon bon Puffo, et marche !
Apporte, s'il se peut, de quoi nous réchauffer l'estomac ; mais écoute encore, ô mon sublime compagnon ! écoute bien une fois pour toutes...

— Qu'est-ce qu'il y a? dit Puffo, qui s'était déjà
disposé à sortir en resserrant les ficelles au moyen
desquelles ses peaux de mouton tenaient à son
corps.

— D'abord, reprit Cristiano, tu me donneras le
temps d'allumer une des bougies de ce lustre avant
d'emporter la lanterne.

— Et le moyen de les atteindre? Je ne vois pas
beaucoup d'échelles dans votre damnée chambre de
l'ourse !

— Tiens-toi là, je vais grimper sur tes épaules.
Tu es solide?

— Allez ! Vous n'êtes pas bien lourd !

—Vois-tu, mon camarade, dit le patron debout,
les deux pieds sur les larges épaules de Puffo, se tenant d'une main à une des branches du lustre et de
l'autre s'efforçant d'arracher une des bougies de la
bobèche, sans se faire tomber dans les yeux les toiles
d'araignée chargées de poussière ; je n'ai pas préci-
ment l'honneur de te connaître. Il y a trois mois que
nous voyageons de compagnie, et, sauf un peu trop
de goût pour le cabaret, tu ne me parais pas un mé-

chant garçon ; mais il se peut que tu sois une franche canaille, et je ne suis pas fâché de te dire...

— Eh! dites donc, vous ! reprit Puffo en se secouant un peu, si vous vous dépêchiez là-haut, au lieu de me faire de la morale ? Vous n'êtes pas si léger que je croyais !

— C'est fait! répondit Cristiano en sautant lestement par terre, car il lui avait semblé sentir chez son camarade la tentation de le laisser tomber ; j'ai ma bougie et je continue mon discours. Nous sommes pour le moment deux bohémiens, Puffo, deux pauvres coureurs d'aventures ; mais, moi, j'ai coutume de me conduire en homme d'esprit, tandis que tu prends quelquefois plaisir à te comporter comme une bête. Sache donc qu'à mes yeux la plus grande sottise, la plus basse platitude qu'un homme puisse faire, c'est de s'adonner au métier de larron.

— Où m'avez-vous vu larronner? demanda Puffo d'un air sombre.

— Si je t'avais vu larronner en ma compagnie, je t'aurais cassé les reins, mon camarade ; c'est pourquoi il est bon que je t'avertisse une bonne fois de l'humeur dont je suis. Je t'ai dit tout à l'heure : Tâchons de nous procurer à souper par persuasion ou par adresse. Cela, c'est notre droit. On nous fait venir dans ce paradis de neige pour réjouir de nos talents une nom-

breuse et illustre société. On nous envoie l'argent du
voyage; si nous ne l'avons plus, ce n'est pas notre
faute. On nous promet une bonne somme, dont je
prétends te faire part généreusement, bien que tu
ne sois qu'apprenti où je suis maître ; nous devons
nous tenir pour satisfaits, à la condition toutefois qu'on
ne nous laissera pas mourir de froid et de faim. Or, il
se trouve que nous arrivons de nuit et dans un moment
où l'illustre société soupe, où les recommandables
laquais ont envie de souper, et où les voyageurs at-
tardés ont tort de vouloir souper. Avisons donc à souper aussi ce soir, afin d'être en état de tenir demain
nos engagements. En faisant main basse sur quelques plats et quelques bouteilles, nous n'offensons
pas le ciel, et nous ne sommes pas des imbéciles ;
mais, en fourrant des couverts d'argent dans nos
poches et du linge sous le bât de notre âne, nous ne
ferions que des âneries, vu que les couverts d'argent
ne valent rien dans l'estomac, et que le linge se coupe
quand on le cache sous un bât. Est-ce entendu,
Puffo? Récolte de vivres, c'est légitime ; mais point
de vol, ou cent coups de bâton sur tes côtes; telle
est ma manière de voir.

— C'est entendu, répondit Puffo en levant les
épaules; il y a assez longtemps que j'écoute pour ça !
Vous êtes un fameux bavard, vous !

Et Puffo s'en alla avec la lanterne, assez mécontent de son patron, lequel avait bien quelques motifs de soupçonner sa probité, ayant trouvé parfois, dans son bagage d'artiste ambulant, divers objets dont Puffo lui avait assez mal expliqué la soudaine propriété.

Ce n'était pourtant pas sans raison que, de son côté, Puffo avait accusé Cristiano d'être bavard. Il était du moins grand causeur, comme tous les hommes doués d'une forte vitalité intellectuelle et physique. Puffo subissait l'ascendant d'un esprit et d'un caractère infiniment supérieurs à sa faconde triviale et à ses instincts grossiers. Il était plus robuste du corps, et, lorsque Cristiano menaçait, lui grand et mince, ce Livournais trapu et musculeux, il comptait sur son influence ou sur son agilité plus que sur sa vigueur corporelle, qui, bien que notable, était moindre.

Cristiano, resté seul, s'abandonna à son innocente prédilection pour son âne. Il l'avait débarrassé de son bagage dès son entrée dans la salle de l'ourse. Il rangea dans un coin ce bagage, qui consistait en deux caisses assez grandes, en un faisceau de légers montants de bois blanc avec leurs traverses démontées, enfin en un ballot de toiles et de tapisseries assez fraîches, bien roulées dans un fourreau de cuir.

Tout cela, c'était son matériel d'artiste, son industrie, son gagne-pain. Quant à sa garde-robe, il n'en
était point embarrassé. Elle consistait en une poignée
de linge qui tenait dans un mouchoir, et en une sou-
quenille de gros drap qui servait de couverture à
Jean quand elle quittait le dos de son propriétaire.
Le reste de ses effets était sur son corps, savoir une
sorte de cape vénitienne passablement usée, un haut-
de-chausses en étoffe grossière, et trois paires de bas
de laine chaussées les unes sur les autres.

Cristiano, pour se livrer à son rangement d'installation, avait dépouillé sa cape, son bonnet de laine
et son chapeau à larges bords. C'était un mince
et grand garçon, d'une figure remarquablement
belle, ombragée d'une masse de cheveux noirs en
désordre.

Le poêle commençait à faire sentir sa chaleur, et
le jeune homme au sang vif était, d'ailleurs, fort
peu sensible au froid. Il allait donc par la chambre
en bras de chemise, comme on dit, et prenait ses
mesures pour passer la nuit aussi commodément
que possible. Ce qui l'inquiétait, ce n'était pas de
trouver ou non les lits qu'on lui avait annoncés :
c'était de savoir où Jean trouverait le boire et le
manger.

— J'ai été bien sot, se disait-il, de ne pas songer

à cela en passant au château neuf et à la ferme ;
mais le moyen de penser à quelque chose quand le
vent vous souffle des aiguilles de glace dans les yeux !
A la ferme, on nous disait (et, à présent que j'y
songe, on nous le disait d'un air très-narquois) que
nous trouverions de tout en abondance au vieux
château, pourvu qu'il plût au vieux Stenson de nous
ouvrir ; or, il paraît que la chose ne lui plaisait pas,
puisque nous avons été forcés d'ouvrir nous-mêmes.
Allons, à tout risque, il faut savoir comment le cer-
bère de cette masure prendra la chose. Après tout,
j'ai ma lettre d'admission dans ma poche, et, si l'on
veut me chasser d'ici encore, je montrerai les
dents.

Sur ce, Cristiano remisa Jean avec son bagage sous
l'enfoncement que formait la saillie de l'escalier de
bois, et, comme il cherchait, muni de sa bougie, un
clou ou une cheville quelconque pour attacher l'âne,
il vit qu'une porte s'ouvrait dans le lambris, juste au
fond de cette logette, et pénétrait dans l'angle dé-
fectueux de la chambre.

Comme il n'avait guère remarqué cette irrégularité de plan, il ne se rendit pas compte s'il entrait
dans un passage pratiqué dans un mur épais ou
entre deux murs accolés par le haut. Il avait poussé
la porte secrète, car c'en était une, sans s'attendre

à la trouver ouverte, et, voyant qu'elle n'était retenue
par rien, il s'en allait à l'aventure avec précaution.
Il n'eut pas fait trois pas, que sa bougie s'éteignit.
Heureusement, le poêle flambait, et il put l'y rallu-
mer, tout en écoutant avec un certain plaisir le sif-
flement aigu et plaintif du vent engouffré dans le
passage secret.

Cristiano avait l'esprit romanesque, et se plaisait
aux poétiques fantaisies. Il lui sembla que les esprits
enfermés si longtemps dans cette salle abandonnée
se plaignaient à lui d'être dérangés dans leurs mys-
tères, et, comme, d'ailleurs, il craignait que le
froid n'aggravât le rhume du pauvre Jean, il eut
soin, en sortant, de repousser la porte derrière
lui, après avoir remarqué qu'elle était extérieure-
ment garnie de forts verrous, mais que son propre
poids suffisait pour la faire adhérer à son encadrement.

Nous le laisserons marcher à la découverte, et
nous introduirons un autre voyageur dans la chambre
de l'ourse.

Celui-ci entre aussi par surprise; mais il est accompagné d'Ulphilas, qui l'éclaire avec respect, tandis qu'un petit laquais, tout de rouge habillé, les
suit en grelottant. Ces trois personnages s'entretiennent en dalécarlien, et sont encore dans le préau,

Ulphilas avec une figure effarée, les deux autres d'un air impatient.

— Allons, Ulph, allons, mon garçon, assez de politesse ; éclairez-nous jusqu'à cette fameuse chambre et occupez-vous bien vite de mon cheval. Il est tout en sueur, pour nous avoir hissés en traîneau sur le roidillon de votre rocher. Ah ! le bon cheval ! Pour dix mille rixdallers, je ne voudrais pas le perdre.

Ainsi parlait à Ulphilas le premier avocat de la ville de Gevala, docteur en droit de la faculté de Lund.

— Comment, monsieur Goefle *, vous voulez passer la nuit ici ? Mais y songez-vous ?...

— Tais-toi, tais-toi. Je sais que ça contrarierait le brave Sten ; mais, quand je serai installé, il faudra bien qu'il en prenne son parti. Prends mon cheval, te dis-je... Moi, je saurai bien trouver mon chemin.

— Comment, monsieur l'avocat, vous venez comme ça de nuit, tout seul, avec votre petit-fils ?...

— Nigaud ! tu sais bien que je n'ai pas d'enfants ! Allons, toi, petit Nils, aide-moi donc à dételer ce

---

* *Gevala, Gefle, Gesle, Goefle,* sont le nom de la même ville, selon la manière d'écrire. Par une coïncidence fortuite, l'avocat dont il est ici question portait le nom de la ville où il exerçait.

pauvre Loki. Tu vois bien qu'ici on babille, et rien
de plus. Voyons, remue-toi; es-tu gelé pour un
reste de voyage de trois ou quatre heures, à la nuit
tombée?

— Laissez, laissez, monsieur Goefle, il est trop petit, dit Ulphilas sensible au reproche de l'avocat.
Prenez à droite la première porte, mettez-vous à l'a-
bri; moi, je vous réponds du cheval.

— Bah! la neige ne tombe plus. C'est une petite
bourrasque qui a adouci le temps, reprit M. Goefle,
qui, par profession et par goût, n'était pas moins causeur que Cristiano; je n'ai pas eu froid du tout, et,
pourvu que je mange un bon gruau et fume une
bonne pipe avant de me coucher... Voyons, Nils,
porte donc quelque chose là-bas, dans la chambre;
ça t'occupera, ça te réchauffera. Dors-tu déjà? Il
n'est pas plus de sept heures.

— Ah! monsieur Goefle, dit le petit laquais en
claquant des dents, il y a si longtemps qu'il fait nuit!
et moi, la nuit, j'ai toujours peur!

— Peur! de quoi donc? Allons, console-toi : dans
cette saison-ci, les jours augmentent d'une minute et
demie.

Tout en causant ainsi, M. Goefle, qui était un
homme d'environ soixante ans, sec, actif et enjoué,
mettait lui-même son cheval à l'écurie, tandis qu'Ul-

philas remisait le traîneau, rangeait le harnais garni de clochettes, et que le petit Nils, assis sur les paquets, continuait à grelotter sous la galerie de bois qui entourait le préau.

Quand M. Goefle se fut assuré que son cher Loki, l'élégant et généreux petit cheval auquel il avait donné le nom du Prométhée de la mythologie scandinave, ne manquerait de rien, il se dirigea d'un pas assuré vers la chambre de l'ourse.

— Attendez, attendez, monsieur l'avocat, lui dit Ulphilas, ce n'est pas ici. La chambre à deux lits, qu'on appelle la chambre de garde...

— Eh! parbleu! je la connais bien, répondit M. Goefle, j'y ai déjà couché.

— Peut-être, mais il y a longtemps. Elle est maintenant si délabrée...

— Eh bien, si elle est délabrée, tu me feras un lit dans la chambre de l'ourse.

— Dans la chambre de... ?

Ulph n'osa point achever, tant lui sembla inouïe l'idée de M. Goefle; mais, reprenant courage:

— Non, monsieur l'avocat, non, dit-il, cela ne se peut pas, vous vous moquez! Je vais chercher la clef de l'autre chambre, qui est peut-être moins mal tenue que je ne pensais (mon oncle y entre quelquefois), et, puisqu'il y a une autre porte sur la galerie,

vous n'aurez pas le désagrément de traverser la
chambre... que vous savez.

—Comment! depuis le temps que la porte de l'escalier est murée, cette pauvre chambre de l'ourse
n'a pas encore perdu sa mauvaise réputation? Allons,
Ulph, mon garçon, tu es par trop bête pour ton âge,
et je t'ordonne de m'ouvrir par ici, tout de suite. Il
fait trop froid pour attendre que tu ailles chercher
les autres clefs, et, puisque tu as...

— Je ne l'ai pas! s'écria Ulphilas. Je vous jure,
monsieur Goefle, que je n'ai pas plus la clef de
l'*ourse* que celle de la *garde*.

En discutant ainsi, M. Goefle, accompagné d'Ulphilas, qui l'éclairait à contre-cœur, et de Nils, qui
lui marchait sur les talons, était arrivé à la première
porte du donjon, au rez-de-chaussée duquel était située la chambre de l'ourse. Cette porte ne fermant
que par un verrou extérieur, l'avocat avait pénétré
sans obstacle dans le court vestibule, monté
les trois marches et poussé la porte de l'*ourse*,
qui céda à sa main impatiente et s'ouvrit toute
grande avec un cri si plaintif, que Nils recula d'épouvante.

— Ouverte! Elle était ouverte! s'écria Ulphilas en
pâlissant autant que sa face rouge et luisante était
susceptible de pâlir.

— Eh bien, après? dit M. Goefle. C'est M. Stenson qui sera venu s'y promener.

— Il n'y vient jamais, monsieur Goefle. Oh! il n'y a pas de risque qu'il y vienne!

— Alors, tant mieux. Je peux m'installer sans le gêner et sans qu'il s'en aperçoive. Mais que me disais-tu donc? on vient ici, puisque le poêle flambe!... Je vois ce que c'est, monsieur Ulphilas Stenson! tu as loué ou promis cette chambre à quelqu'un que tu attendais. Ma foi, tant pis! Il n'y a pas de place au château neuf, il faut qu'il s'en trouve ici pour moi! Mais console-toi, mon pauvre garçon, je te payerai aussi bien que n'importe qui. Allume ces flambeaux... c'est-à-dire va chercher de quoi les garnir, et puis apporte des draps, la bassinoire, tout ce qu'il faut, et n'oublie pas le souper, au moins! Nils t'aidera, il est très-adroit, très-vif, très-gentil. Voyons, Nils, exerce-toi; trouve tout seul la chambre où nous devons coucher, la *garde*, comme dit Ulphilas. Je sais où elle est, mais je ne veux pas te le dire. Cherche, fais-nous voir que tu es intelligent, monsieur Nils!

Le bon M. Goefle parlait dans le désert : Ulph était comme pétrifié au milieu de la chambre, Nils se cuisait les mains le long du poêle, et l'avocat faisait tout seul son installation.

Enfin Ulph poussa un soupir à faire tourner les moulins et s'écria d'un ton emphatique :

— Sur l'honneur, monsieur Goefle, sur mon salut éternel, je n'ai loué ni promis cette chambre à personne; pouvez-vous avoir une pareille idée, sachant les choses qui s'y sont passées et celles qui s'y passent encore! Ah! pour rien au monde, mon oncle Stenson ne voudrait consentir à vous laisser ici! Je vais l'avertir de votre arrivée, et, puisque l'on ne vous a pas gardé votre appartement au château neuf, mon oncle vous donnera le sien au château vieux.

— C'est à quoi je ne consens pas, répondit M. Goefle; je te défends même de lui dire que je suis là. Il saura demain que je m'y trouve on ne peut mieux : la chambre de garde est un peu petite; c'est tout ce qu'il faut pour dormir. Celle-ci sera mon salon et mon cabinet de travail. Elle n'est pas gaie; mais, pour trois ou quatre jours, j'y serai au moins tranquille.

— Tranquille! s'écria Ulph, tranquille dans une chambre hantée par le diable?

— A quoi vois-tu ça, mon ami Ulph? dit en souriant le docteur en droit, tandis qu'au froid de l'hiver le froid de la peur s'unissait pour donner le frisson au petit Nils.

— Je vois ça à trois choses, répondit Ulph d'un air sombre et profond. La première, c'est que vous avez trouvé la porte du préau ouverte, quand, moi, je l'avais fermée après le coucher du soleil; la seconde, c'est que la porte de cette chambre était ouverte aussi, chose que je n'ai pas vue depuis cinq ans que je suis venu ici soigner et servir mon oncle; la troisième, et la plus incroyable, c'est qu'on n'a pas allumé de feu ici depuis vingt ans, et peut-être davantage, et que voici le feu qui brille et le poêle qui chauffe!... Enfin... attendez, monsieur le docteur, voilà sur le plancher de la cire tout fraîchement répandue, et pourtant...

— Et pourtant tu viens de la répandre toi-même, car tu tiens ta lanterne tout de travers!

— Non, monsieur Goefle! non! ma chandelle est une chandelle de suif, et ce que je vois là sous le lustre... attendez!

Et, levant la tête, Ulph fit un cri d'horreur en s'assurant qu'au lieu de onze bougies et une demie, le lustre n'en avait plus qu'une demie et dix.

L'avocat était d'un naturel bienveillant et optimiste. Au lieu de s'impatienter de la préoccupation d'Ulphilas et de l'effroi de Nils, il ne songea qu'à s'en divertir.

— Eh bien, vive Dieu! dit-il d'un ton très-sérieux,

cela prouve que les kobolds se sont installés ici, et, s'il leur plaisait de se montrer à moi, qui ai désiré toute ma vie de faire connaissance avec eux, sans avoir jamais pu en apercevoir un seul, je m'applaudirais d'autant plus d'avoir choisi cette chambre, où je dormirai sous leur aimable protection.

— Non, monsieur le docteur, non, reprit Ulph, il n'y a point ici de kobolds; c'est un endroit triste et maudit, vous le savez bien, un endroit où les trolls du lac viennent tout déranger et tout gâter, comme de méchants esprits qu'ils sont, tandis que les petits kobolds sont amis des hommes et ne songent qu'à leur rendre service. Les kobolds conservent et ne gaspillent pas. Ils n'emportent rien...

— Au contraire, ils apportent! Je sais tout ça, maître Ulph; mais qui te dit que je n'ai pas à mon service particulier un kobold qui m'a devancé ici? C'est lui qui aura pris la bougie pour allumer le feu, afin de me faire trouver en arrivant un local réchauffé; c'est lui qui m'avait ouvert les portes d'avance, sachant que tu es un grand poltron et que tu me ferais longtemps attendre; enfin c'est lui qui va t'accompagner et t'aider à m'apporter à souper, si tu veux bien en avoir l'intention, car tu sais que les kobolds n'aiment guère les nonchalants et ne servent que ceux qui ont bonne volonté de servir les autres.

Cette explication ramena un peu de calme chez les deux auditeurs ; Nils osa interroger de ses grands yeux bleus les sombres parois de la salle, et Ulph, après lui avoir remis une clef qui ouvrait l'armoire de la chambre de garde, se décida à sortir pour aller préparer le souper.

— Allons, Nils, dit l'avocat à son petit laquais, nous ne voyons guère avec cette méchante lanterne qu'on nous laisse ; tu feras les lits plus tard ; tu vas, en attendant, défaire la malle. Pose-la sur la table.

— Mais, monsieur le docteur, dit l'enfant, je ne pourrai pas seulement la soulever ; elle est lourde !

— C'est vrai, reprit l'avocat ; il y a des papiers dedans, et c'est très-lourd.

Il mit lui-même, avec un peu d'effort, la malle sur une chaise, en ajoutant :

— Prends au moins la valise aux habits. Je n'ai apporté que l'indispensable ; ça ne pèse rien.

Nils obéit, mais il ne put jamais ouvrir le cadenas.

— Je te croyais plus adroit que ça ! dit l'avocat un peu impatienté. Ta tante me disait... Je crois qu'elle t'a un peu surfait, la bonne Gertrude !

— Oh ! reprit l'enfant, je sais très-bien ouvrir les malles quand elles ne sont pas fermées... Mais dites-moi donc, monsieur Goefle, est-ce vrai que vous avez un kobold ?

I.   2.

— Un quoi? un kobold? Ah! oui, je n'y étais plus, moi! Tu crois donc aux kobolds, mon garçon?

— Oui, s'il y en a. Est-ce qu'ils ne sont jamais méchants?

— Jamais, d'autant plus qu'ils n'existent pas.

— Ah! vous disiez pourtant...

— J'ai dit cela pour me moquer de cet imbécile. Quant à toi, Nils, je ne veux pas t'élever dans ces sottises-là. Tu sais, je ne veux pas seulement faire de toi mon domestique, je veux te donner un peu d'éducation et de bon sens, si je peux.

— Pourtant, monsieur Goefle, ma tante Gertrude y croit bien, elle, aux bons et aux méchants esprits!

— Ma gouvernante croit à ça? Elle ne s'en vante pas devant moi! Voyez un peu comme les gens nous attrapent! Elle fait l'esprit fort, quand j'ai le temps de causer avec elle... Mais non, va, elle n'y croit pas; elle dit ça pour t'amuser.

— Mais ça ne m'amuse pas, moi; ça me fait peur! ça m'empêche de m'endormir!

— En ce cas, elle a tort. Mais que fais-tu là? Est-ce ainsi que l'on défait une valise, en jetant tout par terre? est-ce ainsi que le pasteur de Falun t'a enseigné le service?

— Mais, monsieur Goefle, je ne servais pas le pas-

teur. Il m'avait pris seulement pour jouer avec son
petit garçon, qui était malade, et nous nous amu-
sions bien, allez! Nous faisions toute la journée de
petits bateaux de papier ou de petits traîneaux avec
de la mie de pain!

— Ah! ah! c'est bon à savoir, ça! dit le docteur
en droit d'un air courroucé; et Gertrude qui me disait que tu t'étais rendu si utile dans cette maison!

— Oh! monsieur Goefle, j'étais bien utile!

— Oui, pour les bateaux de papier et les traîneaux
de mie de pain! C'est très-utile assurément; mais si,
à l'âge où te voilà, tu ne sais pas faire autre chose...

— Mais, monsieur Goefle, j'en sais bien autant que
les autres enfants de dix ans!

— De dix ans, bourreau? tu n'as que dix ans?
Et ta tante qui t'en donne treize ou quatorze! Eh
bien, qu'est-ce que tu as, imbécile? Pourquoi
pleures-tu?

— Dame, monsieur le docteur, vous me grondez!
Ce n'est pas ma faute si je n'ai que dix ans.

— C'est juste! Voilà ta première parole sensée
depuis ce matin que j'ai le bonheur de te posséder à
mon service. Allons, essuie tes yeux et ton nez! Je
ne t'en veux pas. Tu es grand et fort pour ton âge,
c'est toujours ça, et, ce que tu ne sais pas, tu l'apprendras, n'est-ce pas?

— Oh! oui, monsieur Goefle. Je ne demande pas mieux!

— Mais tu l'apprendras vite?... Je suis fort impatient, je t'en avertis!

— Oui, oui, monsieur Goefle, j'apprendrai tout de suite.

— Sais-tu faire un lit?

— Oh! je crois bien! Chez le pasteur, je faisais toujours le mien tout seul!

— Ou tu ne le faisais pas du tout! N'importe, nous verrons ça.

— Mais, monsieur Goefle, ma tante me disait, quand elle est venue à Falun pour me mettre en route avec vous, ce matin : « Tu n'auras rien à faire au château où tu vas avec ton maître. Il y a dans le château de M. le baron de... de... »

— De Waldemora.

— Oui, oui, c'est ça! « Il y a de belles chambres toujours propres et un tas de domestiques qui font tout. Ce que M. Goefle veut, c'est qu'on soit là pour commander à sa place, et il ne veut plus emmener François, parce que François ne reste jamais dans sa chambre. Il va boire et se divertir avec les autres laquais, et monsieur est obligé de courir partout et d'appeler pour demander ce qu'il lui faut. Ça le dérange. Monsieur n'aime pas ça du tout. Toi, tu seras bien sage; tu ne le quitteras jamais, tu entends bien? Tu le feras servir, et on te servira aussi. »

— Ainsi, dit le docteur, voilà sur quoi tu as compté?

— Dame! je suis bien sage, monsieur Goefle; je ne vous quitte pas, vous voyez; je ne vais pas courir avec les grands laquais du château!

— Il vaudrait mieux!... Mais je t'en défierais bien là où nous sommes.

— Il n'y a donc pas, pour aller au château neuf, d'autre chemin que le lac?

— Non vraiment; sans quoi, je vois bien que tu serais déjà avec les grands laquais galonnés.

— Oh! non, monsieur Goefle, puisque vous ne voulez pas! Mais comme c'était beau là dedans!

— Où donc? à Waldemora?

— Oui; c'est comme ça qu'ils appellent le château neuf... Oh! monsieur Goefle, c'était bien plus joli qu'ici! Et il y avait tant de monde! Je n'y avais pas peur!

— Fort bien, monsieur Nils, ça vous tournait la tête, à vous, ce palais plein de monde, de bruit, de flambeaux, de dorures, de désordre et de mangeaille! Quant à moi, ce n'est pas mon goût de passer la nuit au bal et d'attendre au lendemain le hasard d'une chambre à partager avec quatre ou cinq jeunes fous

pris de vin ou de querelle! J'aime à manger peu,
mais souvent et tranquillement, à dormir quelques
heures, mais avec sécurité. Et, d'ailleurs, je ne suis
pas venu ici pour me divertir, moi. J'ai des affaires
importantes à régler pour le compte du baron; il
me faut ma chambre, ma table, mon écritoire et un
peu de silence. Je le trouve maussade, ce cher baron, d'avoir oublié, au milieu de ses fêtes et réjouis-
sances, que je ne suis plus un jeune étudiant avide
de musique et de valse! Je lui en dirai ma façon de
penser demain matin. Il eût dû me faire préparer
cet appartement-ci, ou tout autre, loin du vacarme
et à l'abri des importuns! Il n'a tenu à rien que je
ne reprisse le chemin de Falun, quand j'ai vu l'é-
tonnement des laquais à mon arrivée et leur embarras pour me caser convenablement; mais la neige
m'a fait peur, et, d'ailleurs, Loki avait chaud! Je me
suis rappelé heureusement qu'il y avait au vieux
Stollborg une chambre endiablée dont personne ne
voulait, et que l'on n'offrait à personne. Nous y voilà,
nous y sommes bien. Demain, Nils, tu m'ôteras toute
cette poussière et ces toiles d'araignées. J'aime la
propreté, moi!

— Oui, monsieur Goefle, je dirai ça à M. Ulph,
car je ne suis pas assez grand pour nettoyer là-haut!

— Oui, je vois ça. Nous le dirons à Ulph!

— Mais dites donc, monsieur Goefle, pourquoi est-
ce qu'on appelle la chambre de l'ourse, cette cham-
bre-là?

— C'est un nom comme un autre, répondit
M. Goefle, qui, occupé à ranger ses papiers dans le
tiroir de la table, jugea bien inutile d'expliquer le
blason à M. Nils.

Cependant il s'aperçut bientôt d'un redoublement
de frayeur chez l'enfant.

— Voyons, qu'est-ce que tu as? lui dit-il avec im-
patience. Tu ne fais que me suivre pas à pas, et tu
ne m'aides à rien?

— C'est que j'ai peur des ours, répondit le brave
Nils, et vous avez parlé de la grande ourse à Falun
avec M. le pasteur. Je l'ai bien entendu!

— Moi! j'ai parlé de la grande ourse? Ah! oui,
c'est vrai! Le pasteur s'occupe d'astronomie, et nous
disions... Mais rassure-toi, vaillant jeune homme!
Nous parlions de la constellation de la grande ourse
qui est dans le ciel.

— Ah! elle est dans le ciel, la grande ourse! s'é-
cria Nils tout joyeux. Alors elle n'est pas ici? Elle
ne viendra pas dans cette chambre?

— Non, dit en riant l'avocat. Elle est trop loin,
trop haut! Si elle voulait descendre, elle se casserait
les pattes. Donc, tu n'en as plus peur?

— Oh ! non, plus du tout ! Pourvu qu'elle ne tombe pas !

— Bah ! elle est attachée là-haut par sept clous de diamant d'une belle taille, va !

— C'est donc le bon Dieu qui l'a clouée parce qu'elle était méchante ?

— Probablement ! A présent, tu ne la crains plus ?

— Oh ! non ! fit Nils avec un geste profondément sceptique.

— Alors va-t'en chercher Ulph pour lui dire...

— Monsieur Goefle, vous avez aussi parlé de l'homme deneige !

— Oui. Ah çà ! tu écoutes donc tout ce que l'on dit, toi?... C'est agréable !

— Oh ! oui, monsieur Goefle, répondit Nils ingénument ! j'écoute tout, moi !

— Et qu'est-ce que c'est, selon toi, que l'homme de neige ?

— Je ne sais pas. M. le pasteur vous disait tout bas en riant : « Vous allez donc voir l'homme de neige ?

— Il voulait parler d'une montagne qui s'appelle comme ça, apparemment.

— Oh ! que non ! Vous avez dit: « Est-ce qu'il marche toujours aussi droit ? » Et le pasteur a ré-

pondu : « Il chasse toujours sur 'son lac. » Oh ! je
comprends bien le suédois, allez ! aussi bien que le
dalécarlien !

— D'où tu conclus...?

— Qu'il y a, sur le lac où nous avons passé tout à
l'heure, un grand homme de neige qui marche !...

— C'est ça ! et qui est suivi d'un grand ours ! Tu
as de l'imagination, petit ! Est-ce un ours blanc ou un
noir ?

— Je ne sais pas, monsieur Goefle.

— Il faudrait pourtant savoir ça avant de nous décider à souper dans cette chambre. S'ils allaient venir se mettre à table avec nous !

Nils vit bien que M. Goefle se moquait de lui, et il
se mit à rire. Le docteur s'applaudissait de son
moyen de guérir les enfants de la peur, lorsque Nils,
redevenu tout à coup silencieux, lui dit :

— Monsieur Goefle, allons-nous-en d'ici ! C'est un
endroit bien laid !

— Très-bien ! s'écria l'avocat avec humeur. Voilà
les enfants ! J'ai la bonté d'apprendre à monsieur
que l'ourse est une constellation, et il a beaucoup
plus peur qu'auparavant !

Nils, voyant son maître fâché, s'en prit encore une
fois à ses yeux. C'était un enfant gâté et cependant
craintif. M. Goefle, bon par excellence, se persua-

1.

dait et se plaisait à dire qu'il n'aimait pas l'enfance,
et que, si quelque chose le consolait de ne pas avoir
songé au mariage en temps utile, c'était la liberté
d'esprit assurée à ceux qui n'ont pas l'ennui des mar-
mots et la responsabilité de leur avenir. Cependant
la vive sensibilité dont il était doué, et que les en-
thousiasmes et les excitations du barreau n'avaient
fait que développer à son insu, lui rendait insupportables les chagrins et les pleurs des êtres faibles, si
bien que, tout en grognant contre la sottise de son
petit valet, tout en se confirmant dans sa passion
pour les discussions éclairées ou subtiles qui ga-
gnent les causes quand on parle à des hommes et
qui les compromettent quand on parle à des enfants,
il s'efforça de consoler et de rassurer celui-ci ; il alla
même jusqu'à lui promettre que, si la grande ourse
se présentait à la porte de la chambre, il lui passe-
rait son épée au travers du corps plutôt que de la
laisser entrer.

M. Goefle se pardonna ce qu'il appelait son absurde condescendance en sentant un joli récit de sa
soirée au Stollborg s'arranger de lui-même dans sa
tête pour le divertissement de ses amis de Gevala.

Cependant Ulph ne revenait pas. Qu'il lui fallût du
temps pour trouver de quoi souper dans le modeste
ménage de maître Stenson, M. Goefle le concevait ;

mais qu'il ne rapportât pas de lumière, c'était un oubli impardonnable.

Le bout de chandelle allait finir dans la lanterne, et l'avocat, qui avait toujours la main blanche et la manchette irréprochable, n'osait toucher à ce vilain ustensile pour s'éclairer autour de la chambre. Il prit pourtant ce parti pour aller voir si, dans la pièce voisine, il ne trouverait pas quelque provision ou quelque reste de bougie dans l'armoire dont Ulph lui avait laissé la clef. Nils le suivit en le tenant doucement par le pan de son habit.

Ces deux chambres, qui pour M. Goefle en ce moment représentaient la jouissance d'un seul appartement, étaient séparées l'une de l'autre par l'épaisseur d'un très-gros mur et par deux portes solides. M. Goefle connaissait bien la localité ; mais il y avait si longtemps qu'il n'avait eu affaire dans l'intérieur, qu'il eut quelque peine à trouver la première de ces deux portes. Il la cherchait en face de celle par laquelle il était entré, et il avait raison ; mais, au lieu d'être sur le même alignement, elle était sur la gauche, et dissimulée dans la boiserie, comme celle que Cristiano avait découverte par hasard sous l'escalier, et dont le docteur ni Ulphilas ne soupçonnaient l'existence. Ce système de portes bien closes et sans serrures apparentes n'était cependant pas une affectation de mystère : c'était tout simplement l'exécution soignée d'un revêtement de menuiserie, exécution qui devient presque un art dans les pays froids.

M. Goefle, une fois en possession d'une chambre à deux lits qui avait été remise à neuf une dizaine d'années auparavant, et qui était assez confortable, n'eut pas la peine de chercher dans l'armoire. Le premier objet que ses yeux rencontrèrent en se portant sur la cheminée fut une paire de lourds flambeaux à trois branches portant chacun trois bougies entières. Il était temps ; le bout de chandelle expirait dans la lanterne.

— Puisque nous voilà sûrs de ne pas rester dans l'obscurité, dit M. Goefle au petit, faisons tout de suite notre ménage ici. Allume le feu, je tirerai les draps de l'armoire.

Les draps étaient placés sur les lits avant que Nils eût réussi à autre chose qu'à remplir la chambre de fumée. Quand il fut question de faire ces lits, qui étaient fort grands, il n'imagina rien de mieux que de monter dessus pour atteindre le milieu du traversin. M. Goefle eut fort envie de se fâcher ; mais, voyant que cela n'amènerait que des pleurs, il se résigna à faire tout seul non-seulement son lit, mais encore celui de son petit laquais.

Il n'avait jamais fait cette besogne, et pourtant il allait en venir à son honneur, lorsqu'il fut interrompu par un bruit formidable partant de la chambre de l'ourse, dont les portes étaient restées ouvertes. C'était comme un hurlement âpre, éclatant, et cependant burlesque. Nils se laissa tomber à quatre pattes et trouva prudent de se cacher sous le lit, tandis que M. Goefle, l'œil écarquillé et la bouche ouverte, se demandait, sans terreur, mais avec un grand étonnement, d'où pouvait provenir un pareil chant.

— Si, comme je le crois bien, pensa-t-il, c'est quelque mauvais plaisant qui veut m'effrayer, il imite d'une singulière façon le grognement de l'ourse. C'est bien plutôt la voix de l'âne qu'il reproduit, et cela dans une rare perfection ; mais me prend-il pour un Lapon de s'imaginer que je n'aie jamais entendu braire un baudet ? — Allons, allons, Nils, dit-il en cherchant son petit laquais, il n'y a point là de magie ; allons voir ce que c'est.

Mais Nils se serait fait tuer plutôt que de bouger ou seulement de répondre ; et M. Goefle, ne sachant ce qu'il était devenu, prit le parti d'aller seul à la découverte.

Il ne fut pas peu surpris de se trouver face à face avec un véritable âne au milieu de la chambre de l'ourse, un bel âne en vérité, tel que jamais il n'en avait vu en Suède, et d'une si honnête figure, qu'il était impossible de lui faire un mauvais accueil et de prendre sa visite en mauvaise part.

— Eh ! mon pauvre ami, lui dit en riant M. Goefle, d'où sors-tu ? Que viens-tu faire en ce pays, et que viens-tu me demander ?

Si Jean eût eu le don de la parole humaine, il eût répondu que, caché sous l'escalier, où personne n'avait eu l'idée de regarder, il avait fait un somme en attendant avec confiance le retour de son maître, mais que, ne le sentant pas revenir, et commençant à avoir grand'faim, il avait perdu patience et pris le parti de défaire la corde, qui l'attachait fort peu, pour venir demander à souper à M. Goefle.

Celui-ci devina sa pensée avec une grande perspicacité, mais ne comprit pas comment Ulph, qu'il supposait chargé de la garde de cet âne, lui avait donné pour écurie la redoutable chambre du Stollborg. Il bâtit un monde de suppositions dans sa tête. Cet animal étant une rareté dans les pays froids, le baron, qui avait un attelage de rennes, autre rareté dans cette région, trop froide pour les ânes et pas assez froide pour les rennes, y tenait probablement beaucoup, et avait dû charger les gardiens de son vieux château de le soigner et de le tenir dans un local bien chauffé.

— Voilà pourquoi, se dit M. Goefle, j'ai trouvé le poêle allumé. Mais pourquoi Ulph, au lieu de me dire tout bonnement la vérité, a-t-il fait semblant de croire la chambre hantée? Voilà ce que je ne m'explique pas. Peut-être avait-il reçu l'ordre de calfeutrer une écurie *ad hoc,* et, ne l'ayant pas fait, peut-être a-t-il voulu cacher sa négligence, espérant que je me dégoûterais de la chambre, ou que je ne m'apercevrais pas de la présence de cet étrange compagnon... Quoi qu'il en soit, ajouta M. Goefle en s'adressant gaiement à Jean, dont la figure le divertissait, je t'en demande bien pardon, ô mon pauvre âne, mais je ne suis pas disposé à te garder si près de moi. Tu as la voix très-belle, et j'ai le sommeil fort léger. Je vais te conduire auprès de Loki, dont le voisinage te réchauffera, et dont tu voudras bien, pour cette nuit, partager le souper et la litière. Allons, Nils! ici, mon enfant, il faut m'éclairer jusqu'à l'écurie!

Ne recevant aucune réponse, M. Goefle fut obligé de retourner dans la chambre de garde, de découvrir la cachette de Nils, de l'en tirer par une patte et de l'apporter, bon gré, mal gré, sur le dos de l'âne. D'abord M. Nils, se croyant à cheval sur l'ourse fantas-

tique, fit des cris perçants, d'autant plus qu'il n'a-
vait jamais vu d'âne, et qu'il n'était pas moins effrayé des longues oreilles de Jean qu'il ne l'eût été
des cornes du diable; mais il se rassura peu à peu
en voyant la douceur et la tranquillité de sa monture. M. Goefle lui mit en main le flambeau à trois
branches, il tira lui-même l'âne par la corde, et ils
sortirent tous trois du donjon, se dirigeant vers l'écurie, en suivant, le long du préau couvert de neige,
la galerie de bois, à auvent moussu, qui en faisait le
tour.

En ce moment, Ulph sortait du pavillon habité par
son oncle, et se dirigeait vers le donjon, portant
d'une main une lanterne, de l'autre un grand panier
rempli des ustensiles nécessaires pour mettre le couvert de M. l'avocat. Cette fois Ulph était aussi dési-
reux de rentrer dans la chambre de l'ourse qu'il avait
été naguère contrarié d'y entrer. C'est qu'il éprouvait cet invincible besoin de société qui s'empare
d'un homme épouvanté par la solitude. Voici ce qui
était arrivé à Ulph.

En vrai Suédois, Ulph était la prévenance et l'hospitalité mêmes; mais, depuis quelques années qu'il
habitait la sombre masure du Stollborg, en compagnie d'un personnage morne et sourd, le pauvre Ulph
était devenu si superstitieux et si poltron, qu'après le

coucher du soleil il ne manquait jamais de se barri-
cader dans sa chambre, résolu à laisser périr dans les
glaces et dans les neiges quiconque lui faisait entendre une voix suspecte. Si M. Goefle n'eût trouvé la
porte du manoir ouverte par le vigoureux poignet de
Puffo, et si Ulph n'eût pas reconnu la voix de l'avocat dans le préau, l'estimable docteur en droit eût
été certainement forcé de retourner au château neuf,
dont il redoutait si fort le bruit et l'encombrement.

Après l'avoir introduit dans le donjon, Ulph s'était
un peu tranquillisé. Il s'était même dit que tout était
pour le mieux, vu que, si M. Goefle voulait affronter
le diable, c'était son affaire, et qu'il valait encore
mieux le recevoir que d'être forcé de le reconduire
au château neuf, ordre qui eût entraîné pour le
pauvre guide la fâcheuse nécessité de revenir seul sur
le lac, peuplé de gnomes effroyables. Heureusement,
le vieux gardien du Stollborg, malingre, frileux, habitué à dormir de bonne heure, s'était enfermé dans
son pavillon, situé au fond d'une seconde petite
cour, et dont les fenêtres, donnant sur le lac, n'a-
vaient pas vue sur le préau. Il n'y avait donc guère
d'apparence qu'endormi ou non, il se doutât de la
présence de son hôte avant le lendemain matin.
Après mûre réflexion, Ulph avait résolu de ne pas
l'avertir et de préparer de son mieux le souper de

I. 3.

M. Goefle. Sten était fort sobre; mais il était l'objet
des plus grandes attentions de la part de son maître,
le baron de Waldemora (propriétaire, comme on l'a
vu, du château neuf et du vieux donjon), qui avait
donné, une fois pour toutes, les ordres les plus précis
à son nouvel intendant pour qu'il fût pourvu largement au bien-être du vieux et fidèle serviteur de sa
maison.

Ulph aimait à bien vivre, et, remarquant que son
oncle renvoyait, par discrétion et par esprit d'ordre,
le superflu des provisions qu'on lui apportait du château neuf, il s'était arrangé pour tout recevoir sans
l'en avertir. Il avait donc un certain coin mystérieux
dans la cuisine où il cachait ses richesses gastrono-
miques, et une certaine petite cave, creusée dans le
roc, bien fraîche en été, bien tiède en hiver, où s'a-
moncelaient, derrière certaines tonnes vides, des
bouteilles de vieux vins, objets d'un grand prix, à
coup sûr, dans une contrée où la vigne est une plante
de serre chaude.

Ulph n'était pas cupide; c'était un honnête garçon
qui, pour rien au monde, n'eût fait argent des pré-
sents du baron à son oncle. Même il avait le cœur
bon, et, quand il pouvait retenir un camarade, il lui
faisait part mystérieusement de ses dives bouteilles,
heureux de ne pas être forcé de boire seul, ce qui

rend l'ivresse triste. Cependant l'apparition, non pas d'une ourse, comme le croyait Nils, mais d'un fantôme lamentable dans le donjon, était une chose trop avérée pour que le pauvre Ulph pût garder un seul convive après le coucher du soleil. Alors il prenait le parti de *s'achever*, pour se donner du cœur, et c'est alors que lui apparaissaient les méchants trolls et les *stroemkarls*, qui tâchent d'emmener leurs victimes dans les cascades pour les y précipiter. C'est probablement pour ne pas être tenté de les suivre que le judicieux Ulphilas buvait jusqu'à perdre entièrement l'usage de ses jambes. Il y avait bien, dans la nombreuse suite du baron, des laquais esprits forts et cosmopolites qui ne croyaient à rien; mais Stenson les haïssait tous plus ou moins, et son neveu Ulph partageait ses antipathies.

Donc, Ulphilas Stenson avait de quoi faire bonne cuisine à M. Goefle, et il n'était pas maladroit pour frire et rôtir. Après tout, la gaîté de l'avocat l'avait un peu ranimé, et il se promettait de faire une bonne petite causerie en le servant; mais ses idées riantes furent tout à coup troublées par des bruits étranges: c'était comme des frôlements furtifs dans l'épaisseur des murs, comme des craquements dans les boiseries; vingt fois la poêle lui tomba des mains, et il y eut un moment où il lui sembla si bien que ses sou-

pirs de terreur avaient un écho moqueur derrière
lui, qu'il resta trois bonnes minutes sans oser respirer, et encore moins se retourner.

C'était là la cause de son peu d'activité dans la
confection de ce repas tant désiré. Enfin, ayant, tant
bien que mal, parachevé son œuvre, il descendit à
la cave pour y chercher le vin. Là de nouvelles angoisses l'attendaient. Au moment où, convenablement chargé, il allait sortir de ce sanctuaire, une
grande figure noire glissa devant lui. Sa lanterne
s'éteignit, et les mêmes pas mystérieux qui l'avaient
tant effrayé dans la cuisine montèrent rapidement
avant lui les degrés de la cave. Ulph faillit s'évanouir;
mais il reprit encore une fois courage et regagna sa
cuisine, où il laissa ses casseroles *mijoter* leur con-
tenu sur les fourneaux, résolu d'aller, sous prétexte
de couvert à mettre, se guérir de son effroi auprès
de M. Goefle.

C'est au moment où, chargé de ses ustensiles de
service, il suivait la galerie de bois, qu'il se trouva
face à face avec la bizarre apparition que présentait
le docteur en droit, coiffé de son bonnet de nuit, et
tirant par le licol un animal étrange, impossible,
une bête qu'en véritable paysan dalécarlien de cette
époque, Ulph n'avait jamais vue, dont peut-être il
n'avait jamais entendu parler, et sur cette bête, qui

projetait le long de la galerie l'ombre de ses oreilles gigantesques, une triple flamme portée par un petit diable rouge, que M. Goefle avait bien voulu faire passer pour son laquais, mais qui ne pouvait être que le kobold en personne, le démon familier que l'avocat s'était vanté d'avoir sous ses ordres.

C'en était trop pour le pauvre Ulph. Il estimait les kobolds, mais ne souhaitait point les voir. Il posa d'une main défaillante son panier par terre, et, virant de bord, il alla s'enfermer dans sa chambre en jurant par son salut éternel qu'il n'en sortirait de la nuit, dût l'avocat mourir de faim et le diable manger le souper destiné à l'avocat.

Aussi ce fut bien en vain que M. Goefle l'appela. Il n'en reçut pas de réponse, et prit le parti de mettre l'âne à l'écurie, de s'emparer du panier abandonné, et de retourner mettre son couvert, avec l'aide de Nils, dans la chambre de l'ourse.

— Allons, se dit-il, la philosophie est nécessaire en voyage, et, puisque voici des verres, des couverts et des assiettes, espérons que ce lunatique a l'intention d'y joindre quelque victuaille. Attendons son bon plaisir, puisqu'il n'y a pas moyen de faire autrement, et débouchons toujours ces bouteilles de bonne mine.

Nils ne mit pas trop mal la nappe, il ne laissa pas

ralentir le poêle, et M. Goefle se sentait remis en possession de sa belle humeur naturelle, lorsque Nils commença à prendre des poses molles et brisées qui témoignaient d'une subite invasion de sommeil.

— Secoue-toi un peu, lui dit l'avocat; il s'agit de manger. Tu dois avoir faim.

— Hélas! oui, monsieur Goefle, répondit l'enfant; mais j'ai tant envie de dormir, que je ne pourrai jamais attendre que vous soyez servi et que vous ayez fini de manger. Tenez, voilà du pain et des confitures de mûres sauvages; laissez-moi en goûter un peu; après ça, j'aurai la force de vous servir.

M. Goefle ouvrit lui-même le pot de confitures, et Nils s'assit sans façon à la place destinée à son maître, tandis que celui-ci chauffait ses pieds refroidis par le voyage à l'écurie. M. Goefle était aussi actif d'imagination que de paroles. Quand il n'avait plus occasion de causer, il travaillait dans son esprit ou partait joyeusement pour d'agréables rêveries, si bien qu'au bout d'un quart d'heure, la faim le tiraillant de nouveau, il se retourna pour voir si Ulph était enfin de retour avec quelque plat plus solide que les confitures; mais il ne vit que le petit Nils profondément endormi, la tête sur la table et le nez dans son assiette.

— Allons, allons ! lui dit-il en le secouant. Tu as mangé, tu dormiras plus tard ! Songe à me servir ; va voir si Ulph...

Mais il était inutile à M. Goefle de formuler sa pensée. Accablé par l'impérieux sommeil de l'enfance, Nils était debout, les yeux hagards, et trébuchant comme un homme ivre. M. Goefle en eut pitié.

— Allons, va te coucher, dit-il, puisque tu n'es bon à rien !

Nils s'en alla vers la chambre de garde, s'appuya contre la porte, et y resta, dormant debout. Il fallut le conduire à son lit. Là, ce fut un autre embarras. Monsieur n'avait pas la force d'ôter ses guêtres. M. Goefle ôta les guêtres de son laquais, ce qui ne fut pas facile, les guêtres étant justes et les jambes amollies par le sommeil.

M. Goefle allait le hisser dans son lit lorsqu'il s'aperçut que le drôle s'y était fourré tout habillé.

— Que le diable t'emporte ! lui dit-il ; t'ai-je fait faire d'avance ces beaux habits neufs pour coucher avec ? Allons, vite, debout, et prends la peine de te déshabiller, c'est bien le moins !

Nils, remis, bon gré, mal gré, sur ses pieds, fit d'inutiles tentatives pour se déboutonner. La tante Gertrude, charmée d'avoir un crédit ouvert pour le faire équiper en petit laquais avant de le présenter à son maître, lui avait fait faire des hauts-de-chausses de peau d'élan et une veste de drap rouge si bien coupés, qu'il y était tassé comme dans une gaine, et que M. Goefle lui-même eut grand'peine à l'en faire sortir. Il lui fallut le prendre sur ses genoux devant la cheminée, car durant cette opération l'enfant grelottait. M. Goefle avait beau enrager et maudire Gertrude de lui avoir donné un pareil serviteur, l'humanité lui défendait de le laisser geler. Et puis Nils le désarmait par sa gentillesse. A chaque reproche de son maître, il répondait naïvement :

— Vous verrez demain, monsieur Goefle, je vous servirai bien, et puis je vous aimerai bien !

— Ce sera toujours ça ! répondait le bon docteur en le bousculant un peu. C'est égal, je préférerais être un peu moins aimé et un peu mieux servi !

Enfin Nils était couché, et M. Goefle se remettait en route vers son problématique souper, lorsque l'enfant le rappela sans façon pour lui dire d'un ton de reproche :

— Eh bien, monsieur, vous me laissez donc là tout seul !

— En voici bien d'une autre ! s'écria l'avocat. Il te faut de la compagnie pour dormir?

— Mais, monsieur Goefle, je ne dormais jamais
seul dans ma chambre chez M. le pasteur de Falun,
et surtout ici où j'ai peur... Oh! non, tenez, si vous
me laissez là, j'aime mieux dormir par terre dans la
chambre où vous serez!

Et Nils, réveillé maintenant comme un chat, sauta
hors du lit, et fit mine de s'en aller en chemise avec
son maître dans la chambre de l'ourse. Pour le
coup, M. Goefle perdit patience. Il gronda; Nils se
remit à pleurer. Il voulut l'enfermer; Nils se remit à
crier. Le docteur prit un parti héroïque.

— Puisque j'ai fait cette sottise, se dit-il, d'avoir
cru qu'un enfant de dix ans en avait quatorze, et de
m'imaginer que Gertrude avait un grain de bon sens
dans la cervelle, il me faut en porter la peine. Cinq
minutes de patience et ce maudit galopin sera endormi, tandis que, si j'excite ses esprits par ma résistance, Dieu sait combien de temps il me faudra
l'entendre gémir ou brailler!

Il alla donc chercher un de ses dossiers dans la
chambre de l'ourse, non sans maudire l'enfant, qui
le suivait pieds nus et voulait à peine lui laisser le
temps de trouver ses lunettes; puis il fut s'asseoir
devant la cheminée de la chambre de garde, dont il
referma les portes sur lui, vu qu'il n'y faisait pas
très-chaud, et, après avoir demandé narquoisement

à Nils s'il n'exigeait pas qu'on lui chantât une chan-
son pour le bercer, il s'ensevelit dans ses paperasses,
oubliant le souper, qui n'arrivait pas, et l'enfant, qui
ronflait de tout son cœur.

II

Que faisait Cristiano pendant toutes les péripéties
de l'installation de M. Goefle? Le lecteur a bien deviné que le lutin railleur, errant autour du pauvre
Ulph dans la cuisine et dans la cave, n'était autre que
notre aventurier à la recherche de son souper. Les
douleurs et les angoisses d'Ulphilas lui avaient permis de prendre, presque sous son nez, les mets les
plus portatifs de la cuisine. Quant à la cave, il avait
été moins heureux. En soufflant la lumière du poltron, il s'était trouvé dans une si complète obscurité,
qu'il avait craint d'être enfermé à jeun dans ce souterrain, et qu'il avait rebroussé chemin au plus vite,
se consolant par la pensée qu'il reprendrait les
bouteilles montées par Ulph dans un moment plus
favorable.

Durant le quart d'heure qu'il avait perdu à explo-
rer avec précaution le passage secret du salon de

l'ourse (passage dont nous parlerons plus tard, et
d'où il ne sortit pas sans peine, pour s'introduire
furtivement dans le logement de M. Stenson), notre
aventurier n'avait pu signaler l'arrivée de M. Goefle.
Il pensa donc que les apprêts du souper étaient en
vue du vieux régisseur. Puis, avant de reprendre
possession du local qu'il s'était choisi, il avait voulu
se mettre en quête du souper de son âne, et il avait
erré dans la petite cour attenante à l'enceinte du
préau quelques moments après le dernier accès de
terreur d'Ulphilas, et il n'avait pas pu jouir de la
réjouissante apparition de M. Goefle en bonnet de
nuit, conduisant triomphalement l'âne à l'écurie,
avec son kobold en habit rouge. Comme il explorait
tout et ouvrait toutes les portes qui n'étaient pas
trop cadenassées, Cristiano découvrit enfin celle de
l'écurie, et se réjouit de voir maître Jean soupant de
bon appétit et foulant une épaisse litière de mousse
sèche, en compagnie d'un joli cheval noir qui paraissait l'accueillir de bonne grâce.

— Vraiment, pensa Cristiano en caressant le noble
animal, les bêtes sont parfois plus raisonnables et
plus hospitalières que les hommes. Depuis deux
jours que nous voyageons dans ce pays froid, Jean a
été un sujet d'étonnement, de peur ou de répugnance
dans plusieurs maisons et villages de paysans, et

moi-même, malgré les mœurs affables du pays, me voilà tombé dans je ne sais quel repaire d'esprits chagrins ou préoccupés, où je suis forcé d'aller à la maraude comme un soldat en campagne, tandis que ce bon cheval, sans demander à Jean la raison de ses longues oreilles, lui fait place au râtelier, et le considère d'emblée comme un de ses semblables. Allons, Jean, bonne nuit, mon camarade! Si je te demandais qui t'a amené ici et servi à souhait, tu n'aurais peut-être pas la complaisance de me répondre, et, si je ne te voyais attaché par la corde, je penserais que tu as eu l'esprit d'y venir de toi-même. Quoi qu'il en soit, je vais faire comme toi et souper sans aucun souci du lendemain.

Cristiano referma l'écurie et rentra dans la salle de l'ourse, où l'attendait l'agréable surprise d'un couvert servi en belle vaisselle et en lourde argenterie, sur une nappe bien blanche, sauf quelques taches de confitures laissées par Nils autour de son assiette.

— Tiens! se dit gaiement l'aventurier, ils ont fini, ou bien ils ont commencé par le dessert! Mais qui diable s'est installé là en mon absence? Puffo n'eût pas été si délicat que de mettre un couvert; ce n'est guère son habitude en voyage. D'ailleurs, il est allé chercher fortune au château neuf; autrement, je l'eusse rencontré dans mon exploration du vieux châ-

teau. Et puis je n'ai jamais compté sur ce camarade-
là pour la moindre assistance. S'il a trouvé, dans une
cuisine quelconque, un coin pour s'attabler, je suis
bien sûr qu'il ne songe guère à moi, et j'ai fort bien
fait de songer à moi-même. C'est égal, si, par hasard,
il revenait dormir ici, il ne faut pas que le pauvre
diable gèle à la porte de ce manoir.

Cristiano alla rouvrir la porte du préau, que Ulph
n'avait pas manqué de refermer après l'arrivée de
M. Goefle, et il revint avec la résolution bien arrêtée
de se mettre à table n'importe avec qui, de gré ou de
force.

— C'est mon droit, se disait-il encore ; la table est
vide, et j'apporte de quoi la remplir agréablement.
Si j'ai ici un compagnon, pour peu qu'il soit aimable,
nous ferons bon ménage ensemble ; sinon, nous verrons qui des deux mettra l'autre dehors.

En devisant ainsi, Cristiano alla voir si on n'avait
pas touché à son bagage. Il le trouva rangé dans le
coin où il l'avait caché et où personne ne l'avait
aperçu. Il examina alors la malle, la valise et les
effets de M. Goefle, épars sur des chaises, le linge
bien plié, tout prêt à être emporté dans quelque armoire, les habits étendus sur les dossiers des siéges
pour se défriper ; enfin la valise vide, sur le couvercle
de laquelle il lut ces mots : *M. Thormund Goefle.*

avocat à Gevala et docteur en droit de la Faculté de Lund.

—Un avocat! pensa l'aventurier. Eh bien, ça parle, un avocat! ça doit toujours avoir un peu d'esprit ou de talent. Ce me sera une agréable compagnie, pour peu qu'il ait le bon sens de ne pas juger l'homme sur l'habit. Où peut-il s'être fourré, cet avocat? C'est quelque invité aux fêtes du château de Waldemora, qui, comme moi, aura trouvé la maison pleine, ou qui, par goût, aura choisi ce romantique manoir pour son gîte, ou bien plutôt c'est l'homme d'affaires du riche baron, car, en ce pays de castes et de vieilles haines, les bourgeois ne sont peut-être pas invités à se réjouir avec les nobles. Que m'importe! L'avocat est sorti, voilà ce qu'il y a de certain. Il aura été causer avec l'ancien régisseur, ou bien il est dans cette chambre à deux lits dont on m'a parlé, et dont je ne vois point la porte. La chercherai-je? Qui sait s'il n'est pas couché? Oui, voilà le plus probable. On aura voulu le servir, il aura refusé, se contentant de confitures et ne souhaitant que son lit. Qu'il dorme en paix, le digne homme! moi, je m'arrangerai très-bien de ce grand fauteuil, et, si j'ai froid... parbleu! voilà une magnifique pelisse fourrée et un bonnet de voyage en martre zibeline qui me garantiront le corps et les oreilles. Voyons si j'y serai

à l'aise!... Eh! oui, fort bien! pensa Cristiano en en-
dossant la pelisse et en coiffant le bonnet. Quand je
songe que j'ai travaillé dix ans à des choses sérieuses
pour ne pas avoir de quoi revêtir d'un bon manteau
mon pauvre corps, aujourd'hui fourvoyé dans les
régions hyperboréennes!

Cristiano avait étalé ses provisions sur la table, savoir : une langue de Hambourg fort appétissante, un
jambon d'ours fumé à point et un superbe tronçon
de saumon fumé et salé.

Pour manger plus à l'aise, il allait se débarrasser
de la toilette de voyage du docteur, lorsqu'il lui
sembla entendre un bruit de clochettes passer sous
l'unique fenêtre de la salle de l'ourse. Cette grande
fenêtre, située vis-à-vis du poêle, était cependant
garnie d'un double châssis vitré, comme dans toutes
les demeures confortables, anciennes ou modernes,
des pays septentrionaux; mais le châssis extérieur
attestait l'état d'abandon du Stollborg. Presque toutes
les vitres étaient brisées, et, comme le vent avait
cessé, on entendait distinctement les bruits exté-
rieurs, les masses de neige nouvellement tombée se
détachant des anciennes couches solidifiées et s'ef-
fondrant avec un son mat et mystérieux le long des
rochers à pic, les lointaines clameurs de la ferme sur
la rive du lac, et les gémissements plaintifs des chiens

saluant de malédictions inconnues le disque rouge de la lune à l'horizon.

Cristiano eut la curiosité de voir le traîneau qui sillonnait, si près de son refuge, la glace du lac, et, ouvrant le premier châssis, il passa la tête par le châssis brisé pour regarder dehors. Il vit distinctement une fantastique apparition glisser au pied du rocher. Deux chevaux blancs magnifiques, conduits par un cocher barbu et habillé à la russe, emportaient légèrement un traîneau, qui semblait briller comme une pierre précieuse aux nuances fugitives. Le fanal, placé très-haut sur l'élégant véhicule, simulait une étoile emportée dans un tourbillon, ou plutôt un feu follet acharné à la poursuite du traîneau. Sa lumière, projetée en avant par le réflecteur d'or rouge, lançait des tons chauds sur la neige éclairée en bleu par la lune, et irisait la vapeur flottante autour des naseaux et des flancs de l'attelage. Il n'y avait rien de plus gracieux et de plus poétique que ce char sans roues qui semblait être celui de la fée du lac, et qui passa comme un rêve sous les yeux éblouis de Cristiano. Sans nul doute, en traversant Stockholm et les autres villes du pays, il avait déjà vu des traîneaux de toute sorte, depuis les plus luxueux jusqu'aux plus humbles; mais aucun ne lui avait semblé aussi pittoresque et aussi étrange que

celui qui s'arrêta au pied du rocher; car, il n'y avait
plus à en douter, un nouvel hôte, opulent cette fois,
venait prendre possession ou connaissance de la si-
lencieuse retraite du Stollborg.

— Le traîneau m'a donné un joli spectacle, pensa
Cristiano; mais que le diable emporte ceux qui sont
dedans! Voilà, je parie, une anicroche grave au
paisible souper que je me promettais!

Mais la malédiction expira sur les lèvres de Cristiano : une voix douce et vraiment mélodieuse, une
voix de femme, qui ne pouvait appartenir, selon lui,
qu'à une femme charmante, venait de sortir du traîneau. La voix disait, dans une langue que Cristiano
n'entendait pas, et qui n'était autre que le dialecte
de la localité :

— Crois-tu donc, Péterson, que tes chevaux pour-
ront monter jusqu'à la porte du vieux château?

— Oui, mademoiselle, répondit le gros cocher emmitouflé de fourrures; la neige de ce soir les gênera
bien un peu, mais d'autres y ont passé déjà : je vois
des traces fraîches. N'ayez pas peur, nous monte-
rons.

Les abords du Stollborg, que M. Goefle avait trai-
tés de *roidillon*, consistaient en un véritable escalier
naturel, formé par les feuillets schisteux et inégaux
du rocher. En été, il y eût eu de quoi estropier che-

vaux et voitures ; mais, dans les pays du Nord, l'hiver rend tout passage praticable et tout voyageur intrépide. Une épaisse couche de neige glacée, solide et unie comme le marbre, comble les trous et nivelle les aspérités. Les chevaux, ferrés en conséquence, escaladent les hauteurs et descendent avec aplomb les pentes ardues; le traîneau verse peu et presque toujours sans danger. En quelques minutes, celui-ci était à la porte du petit manoir.

— Il faudrait sonner avec précaution, dit la voix douce au cocher. Tu sais, Péters, je ne voudrais pas être vue par le vieux régisseur, qui peut-être redit tout à son maître.

— Oh! il est si sourd! répondit le cocher en mettant pied à terre. Ulph ne dira rien, c'est mon ami. Pourvu toutefois qu'il veuille ouvrir ! Il a un peu peur la nuit; c'est tout simple, le château...

Péterson allait probablement parler des apparitions du Stollborg, mais il n'en eut pas le temps. La porte s'ouvrit comme d'elle-même, et Cristiano, tout aussi bien emmitouflé que le cocher, grâce à la pelisse et au bonnet fourré de l'avocat, se présenta sur le seuil.

— C'est bien, le voici, dit la voix douce. Range-toi par là, Péterson, et, je t'en prie, ôte les clochettes de tes chevaux ! Je te l'avais tant recom-

mandé! Prends patience, mon pauvre garçon; je ne
te ferai guère attendre.

— Prenez votre temps, mademoiselle, répondit le
dévoué serviteur en essuyant les glaçons de sa barbe;
il fait très-doux ce soir!

Cristiano ne comprit pas un mot de ce dialogue,
mais il n'en écouta pas moins avec ravissement la
voix douce, et il présenta son bras à une petite personne tellement enveloppée dans l'hermine, qu'elle
ressemblait à un flocon de neige plus qu'à une créa-
ture humaine. Elle lui adressa bien la parole, toujours en dalécarlien, et sans qu'il pût deviner quels
ordres elle lui donnait; mais c'étaient des ordres, il
n'y avait pas à en douter à l'intonation, quelque
douce qu'elle fût. On le prenait donc pour le gardien du vieux manoir, et, comme en aucun pays le
ton du commandement n'exige d'autre réponse que
la pantomime de la soumission, Cristiano se trouva
dispensé de comprendre et de répondre, durant le
court trajet qu'il eut à franchir avec la petite dame,
sous la galerie qui conduisait de la porte de la cour
à celle du donjon.

En la menant vers la salle de l'ourse, Cristiano
obéissait à un instinct d'hospitalité, sans savoir si
elle accepterait sa bonne intention. Il avait de même
obéi à un instinct de curiosité en allant à sa rencon-

tre, et, dans cet instinct-là, il y avait aussi celui de la galanterie, encore tout-puissant à cette époque sur les hommes jeunes ou vieux, dans quelque monde qu'ils fussent classés.

Cependant la jeune dame, qui avait suivi son guide, fit un mouvement de surprise en se trouvant dans la fameuse chambre.

— Est-ce donc là la salle de l'ourse? dit-elle avec un peu d'inquiétude. Je n'y étais jamais entrée.

Et, comme Cristiano, faute de comprendre, ne lui répondait pas du tout, elle le regarda à la lueur de l'unique bougie placée sur la table, et s'écria en suédois :

— Ah! mon Dieu! ce n'est pas Ulphilas! A qui donc ai-je l'honneur de parler? Est-ce à M. Goefle en personne?

Cristiano, qui comprenait et parlait très-bien le suédois, se rappela rapidement le nom écrit sur la valise de l'avocat, et, tout aussi rapidement, il s'aperçut qu'enveloppé de la défroque dudit avocat, il pouvait bien se divertir, fût-ce pour un instant, à jouer son rôle. Étranger, isolé, perdu dans un pays dont, par des circonstances toutes particulières que nous saurons plus tard, il parlait la langue, mais où il ne tenait à personne et n'était pas forcé de prendre la vie au sérieux, il trouvait naturel de s'amuser

I. 4.

quand l'occasion s'en présentait. Il répondit hardi-
ment et à tout hasard :

— Oui, madame, c'est moi qui suis maître Goefle,
docteur en droit de la Faculté de Lund, exerçant la
profession d'avocat à Gevala.

En parlant ainsi, il trouva sous sa main un étui à
lunettes qu'il ouvrit à la hâte. C'étaient les lunettes
vertes que mettait l'avocat en voyage pour préserver
ses yeux de la fatigante blancheur des neiges. Charmé
de cette découverte, que la providence des fous semblait jeter sur son nez, il se sentit parfaitement dé-
guisé.

— Ah ! monsieur le docteur, lui dit l'inconnue, je
vous demande mille pardons, je ne vous voyais pas ;
je n'ai, d'ailleurs, jamais eu le plaisir de vous voir,
et je vous prenais pour le gardien du Stollborg ; précisément je lui ordonnais, en lui promettant une
gratification qui a dû vous faire rire, de vous demander pour moi un moment d'entretien.

Cristiano s'inclina respectueusement.

— Alors, reprit l'inconnue, vous m'autorisez à vous
entretenir d'une affaire... un peu embarrassante..., un
peu délicate?

Ces deux mots sonnèrent à l'oreille de l'aventurier
d'une façon si réjouissante, qu'il oublia le moment
de vive contrariété causée à son appétit par cette vi-

site inattendue, pour ne plus songer qu'au désir de
voir la figure de la visiteuse, enfoncée sous son capuchon d'hermine.

— Je vous écoute, répondit-il en prenant un ton
grave : un avocat est un confesseur... Mais ne crai-
gnez-vous pas, si vous gardez votre pelisse, de vous
enrhumer en sortant?

— Non, dit l'inconnue en acceptant le fauteuil que
lui offrait son hôte; je suis une vraie montagnarde,
moi, je ne m'enrhume jamais.

Puis elle ajouta naïvement :

— D'ailleurs, vous ne me trouveriez peut-être pas
mise convenablement pour la conférence que je viens
solliciter d'une personne grave et respectable comme
vous, monsieur Goefle; je suis en toilette de bal.

— Mon Dieu! s'écria Cristiano étourdiment, je ne
suis pas un vieux luthérien farouche! une toilette
de bal ne me scandalise pas, surtout quand elle est
portée par une jolie personne.

— Vous êtes galant, monsieur Goefle ; mais je ne
sais pas si je suis jolie et bien mise. Ce que je sais,
c'est que je ne dois pas vous cacher mes traits, car
toute défiance de ma part serait une injure à votre
loyauté, que je viens invoquer tout en vous demandant conseil et protection.

L'inconnue détacha son capuchon, et Cristiano vit

la plus charmante tête qu'il eût pu s'imaginer : un
vrai type suève, des yeux d'un vrai bleu saphir, de
fins et abondants cheveux d'un blond doré, une fi-
nesse et une fraîcheur de carnation dont rien n'approche dans les autres races, et, à travers la pelisse
entr'ouverte, un cou élancé, des épaules de neige et
une taille fluette. Tout cela était chaste comme l'enfance, car la mignonne visiteuse avait tout au plus
seize ans et n'avait pas fini de grandir.

Cristiano ne se piquait pas de mœurs austères ; il
était l'homme de son temps, mais non celui du milieu hasardé où il se trouvait jeté par les circonstances. Il avait de l'intelligence, par conséquent de
la délicatesse dans l'esprit. Son regard s'arrêta tranquille et bienveillant sur cette rose du Nord, et, s'il
avait eu quelque pensée perfide en l'attirant dans la
tanière de l'ourse, cette pensée fit vite place à celle
d'une aventure enjouée ou romanesque, mais honnête, à coup sûr, comme l'aimable et candide visage
de sa jeune hôtesse.

— Monsieur Goefle, reprit celle-ci, encouragée par
l'attitude respectueuse du prétendu avocat, à présent
que vous connaissez ma figure, qui, je l'espère,
n'est pas celle d'une méchante personne, je dois vous
dire mon nom. C'est un nom qui vous est bien
connu... Mais je suis intimidée de vous voir rester

debout, quand, moi, je suis assise sur l'unique fauteuil de cette chambre. Je sais le respect que je
dois à un homme de votre mérite... j'allais dire
de votre âge, car je m'étais, je ne sais pourquoi,
habituée à l'idée de vous voir très-vieux, tandis que
vous me paraissez beaucoup plus jeune que le baron.

— Vous me faites trop d'honneur, répondit Cristiano en enfonçant sur ses yeux et le long de ses joues
le bonnet fourré à oreillettes rabattues ; je suis vieux,
très-vieux ! Il n'y a que le bout de mon nez qui puisse
paraître jeune, et je suis forcé de vous demander
pardon de ne pas me découvrir en votre présence ;
mais votre visite m'a surpris... J'avais ôté ma perruque, et me voilà forcé de vous cacher comme je
peux mon crâne chauve.

— Ne faites donc aucune cérémonie, monsieur
Goefle, et daignez vous asseoir.

— Si vous le permettez, je resterai debout près du
poêle à cause de ma goutte qui me tiraille, répondit
Cristiano, qui se trouvait placé ainsi la tête dans
l'ombre, tandis que la maigre clarté de la bougie se
portait tout entière sur son interlocutrice. Veuillez
me dire à qui j'ai l'honneur...

— Oui, oui, répondit-elle vivement. Oh ! sans m'a-
voir jamais vue, vous me connaissez bien ! C'est moi qui
suis Marguerite.

— Ah! vraiment? s'écria Cristiano du ton dont il eût dit : « Je n'en suis pas plus avancé. »

Heureusement, la jeune fille était pressée de s'expliquer.

— Oui, oui, reprit-elle, Marguerite Elvéda, la nièce de votre cliente.

— Ah! ah! ma cliente...

— La comtesse Elvéda, sœur de mon père le colonel, qui était l'ami du malheureux baron?

— Le malheureux baron...

— Eh! mon Dieu, le baron Adelstan, dont je ne prononce pas sans émotion le nom dans cette chambre, et qui a été assassiné par des mineurs de Falun... ou par d'autres! car, enfin, monsieur, qui sait? êtes-vous bien certain que ce fussent des ouvriers de la mine?

— Oh! pour cela, mademoiselle, si quelqu'un peut jurer sur l'honneur qu'il n'en sait rien du tout, c'est votre serviteur, répondit Cristiano d'un ton pénétré, qui, interprété autrement par la jeune fille, parut la frapper vivement.

— Ah! monsieur Goefle, dit-elle avec vivacité, je le savais bien, que vous partagiez mes soupçons! Non, rien ne m'ôtera de l'idée que toutes ces morts tragiques dont on a parlé, et dont on parle encore tout bas... Mais sommes-nous bien seuls? Personne

ne peut-il nous entendre? Tout cela est si grave,
monsieur Goefle !

— En effet, la chose paraît grave, pensa Cristiano
en allant voir si la porte d'entrée était fermée, et en
affectant la démarche d'un vieillard ; seulement, je
n'y comprends goutte.

— Il fit de l'œil le tour de la salle, et n'aperçut
pas plus qu'il ne l'avait encore fait la porte de la
chambre de garde, qui était fermée entre M. Goefle
et nos deux personnages.

— Eh bien, monsieur, reprit la jeune personne,
comprenez-vous que ma tante veuille me faire épouser un homme que je ne puis m'empêcher de regarder comme l'assassin de ma famille?

Cristiano, n'ayant pas la moindre notion des faits
en question, prit le parti de pousser aux éclaircisse-
ments en abondant dans le sens de sa nouvelle
cliente.

— Il faut, dit-il un peu cavalièrement, que votre
tante soit folle... ou quelque chose de pis !

— Ah! pardon, monsieur Goefle, ma tante est une
personne que je dois respecter, et je ne l'accuse que
d'aveuglement ou de prévention.

— Aveuglement et prévention, peu m'importe à
moi ! Ce que je vois clairement, c'est qu'elle veut forcer votre inclination.

— Oh ! cela, assurément, car j'ai horreur du baron ! Elle ne vous l'avait donc pas dit ?

— Tout au contraire ! Je croyais...

— Oh ! monsieur Goefle, pouviez-vous croire qu'à
mon âge j'eusse le moindre goût pour un homme de
cinquante-cinq ans ?

— Ah ! oui-da ! il a cinquante-cinq ans par-dessus le marché, le personnage à qui l'on vous destine ?

— Vous faites semblant d'en douter, monsieur
Goefle ! Vous savez pourtant bien son âge, vous qui
êtes son conseil, et l'on dit même son ami dévoué...
mais je n'en crois rien.

— Oh ! parbleu ! vous avez bien raison. Je veux
être pendu si je me soucie de lui ! Mais comment
l'appelez-vous, ce monsieur-là ?

— Le baron ? Vous ne savez donc pas de qui je
vous parle ?

— Non, sans doute ; il y a tant de barons dans ce
monde.

— Mais ma tante vous a bien dit...

— Votre tante, votre tante !... Est-ce que je sais
ce qu'elle dit, votre tante ? Elle ne le sait peut-être
pas elle-même !

— Hélas ! pardonnez-moi : elle ne le sait que
trop ! c'est une volonté de fer. Il est impossible

qu'elle ne vous ait pas fait part de ses projets
sur moi, puisqu'elle prétend que vous les approu-
vez!

— Moi, approuver qu'une charmante enfant
comme vous soit sacrifiée à un barbon?

— Ah! vous voyez bien que vous savez l'âge du
baron!

— Mais de quel baron encore une fois?

— De quel baron? Faut-il vous nommer l'homme
de neige?

— Ah! oui-da! il s'agit de l'homme de neige? Eh
bien, j'avoue que je n'en suis pas plus avancé.

— Comment, monsieur Goefle, vous ignorez le
surnom du plus puissant, du plus riche, en même
temps du plus méchant, du plus haïssable de vos
clients, le baron Olaüs de Waldemora!

— Quoi! le propriétaire de ce château?

— Et du château neuf, sur l'autre rive du lac, et
de je ne sais combien de mines de fer, de plomb ou
d'alun, et de plusieurs vallées, forêts et montagnes,
sans compter les champs, les bestiaux, les fermes et
les lacs; le seigneur enfin d'un bon dixième de la
province de Dalécarlie! Voilà les raisons que ma
tante me donne du matin au soir pour me faire
oublier qu'il est vieux, triste, malade, et peut-être
chargé de crimes!

I.   5

— Tudieu ! s'écria Cristiano tout étonné, voilà un
aimable personnage chez qui je me trouve !

— Vous vous moquez de moi, monsieur Goefle !
vous ne croyez pas au crime !.., C'était donc pour
me railler que vous disiez tout à l'heure ?...

— Ce que je disais tout à l'heure, je suis prêt à le
redire ; seulement, je voudrais savoir de quel crime
vous accusez mon hôte.

— Je ne l'accuse pas ; c'est la rumeur publique
qui m'a habituée à voir en lui l'assassin de son père,
de son frère, et même celui de sa belle-sœur, la
malheureuse Hilda !

— Comment ! rien que ça ?

— Mais vous savez bien qu'on le dit, monsieur
Goefle ; n'avez-vous pas été chargé dans le temps...?
Non, je me trompe, c'est votre père qui a dû être
l'avocat du baron Olaüs dans ce temps-là. Le baron
a produit je ne sais quels actes... On n'a rien pu
prouver contre lui ; mais jamais on n'a su la vérité et
jamais on ne la saura, à moins que les morts ne
sortent du tombeau pour la dire.

— Cela s'est vu quelquefois, répondit Cristiano en
souriant.

— Vraiment, vous croyez..,?

— C'est une manière de dire qui appartient au
vocabulaire de ma profession ; vous savez, quand

une preuve inattendue, une lettre perdue, une parole oubliée...

— Oui, je sais ; mais on n'a rien retrouvé, et, depuis quinze ou vingt ans, le silence et l'oubli se sont faits. Le baron Olaüs, soupçonné et haï d'abord, est venu à bout de se faire craindre, et tout est dit. A présent, il pousse la confiance et la présomption jusqu'à vouloir se remarier. Ah ! que Dieu me préserve d'être l'objet de ses poursuites ! Il a, dit-on, beaucoup aimé sa femme ; mais, quant à la baronne Hilda, on croit généralement...

— Que croit-on ?

— Je vois que ces histoires de paysans n'ont pas été jusqu'à vous, monsieur Goefle, ou bien vous en riez, puisque vous voilà installé tranquillement dans cette chambre.

— En effet, il y a quelque histoire là-dessous, répondit Cristiano frappé d'un souvenir récent. Les gens de la ferme me disaient ce soir : « Allez-y et racontez-nous demain comment la nuit se sera passée ! » Il y a donc un lutin, un revenant...

— Il faut croire que, fantôme ou réalité, il y a quelque chose d'étrange ; car maître Stenson lui-même y croit, et le baron peut-être aussi ; car, depuis la mort de sa belle-sœur, il n'y a, dit-on, jamais remis les pieds, et même il a fait murer une certaine porte...

—Par ici, dit Cristiano en montrant le haut de l'escalier.

— C'est possible, je ne sais pas, répondit Marguerite. Tout cela est très-mystérieux, et je vous croyais au courant de choses que j'ignore. Je ne crois pas aux revenants!... Pourtant je ne voudrais pas en voir, et rien au monde ne me déciderait à faire ce que vous faites en voulant dormir ici. Quant au baron, que l'histoire du diamant soit vraie ou fausse...

—Ah! ah! encore une histoire?

—Celle-là est la moins vraisemblable de toutes, j'en conviens, et je ne peux pas m'empêcher de rire en vous la répétant. On raconte dans les chaumières des environs que, par amour pour sa femme, qui était aussi méchante que lui, il a confié son corps à un alchimiste, qui l'a fait réduire dans un alambic, et qu'il en est résulté un gros diamant noir. Ce qu'il y a de certain, c'est qu'il porte au doigt une bague étrange que je ne peux pas regarder sans terreur et sans dégoût.

— Ce qui est bien la preuve! dit Cristiano en riant; mais jugez donc si un pareil sort vous était réservé! Je sais bien qu'il ne pourrait sortir de l'alambic où vous cuiriez qu'un joli diamant rose de la plus belle eau; mais ce n'en serait pas plus gai

pour vous, et je vous conseille de ne pas vous exposer
à la cristallisation.

Marguerite éclata de rire; les échos de l'antique
salle répétèrent ce rire frais et enfantin d'un façon
si mystérieuse, qu'elle eut peur tout à coup, et,
redevenant triste, elle dit d'un ton découragé :

— Allons, c'en est fait, je le vois, monsieur Goefle,
vous êtes un homme aimable et spirituel, on me
l'avait bien dit; mais, en espérant que vous penseriez comme moi, et que vous seriez mon appui et
mon sauveur, je m'étais bien trompée. Vous pensez
comme ma tante, vous traitez de rêverie tout ce que
je viens de vous dire, et vous repoussez la plainte de
mon cœur! Que Dieu me prenne en pitié, je n'ai
plus d'espoir qu'en lui !

— Ah çà, voyons ! répliqua Cristiano, ému de voir
de grosses larmes couler sur ces joues si fraîches et
tout à l'heure si riantes, vous ne comptez donc pas
sur vous-même? Que venez-vous me raconter là?
Vous m'annonciez une confession délicate, et tout se
borne à m'apprendre qu'on vous présente un parti
qui ne vous convient pas et un futur qui vous est
antipathique. Je m'imaginais recevoir la confidence
d'un amour... ne rougissez pas pour cela ! Un amour
peut être pur et légitime, quand même il n'est pas
autorisé par l'ambition des grands parents. Un père,

une mère peuvent se tromper, mais il est pénible de combattre leur influence. Vous, vous êtes orpheline !... Oui, puisque vous dépendez d'une vieille tante... Je l'appelle vieille, et vous secouez la tête ! Mettons qu'elle soit jeune... Elle en a sans doute la prétention ! Moi, je ne m'y connais plus apparemment ! Je la croyais vieille. Si elle ne l'est pas, raison de plus pour l'envoyer... je ne veux pas dire promener, mais faire de meilleures réflexions, tandis que vous demanderez conseil à quelque vieil ami, à M. Goefle... c'est-à-dire à moi, enfin à quelqu'un qui puisse vous faire épouser l'heureux mortel que vous préférez.

— Mais je vous jure, mon cher monsieur Goefle, répondit Marguerite, que je n'aime personne. O Dieu ! il ne manquerait plus que cela pour être à plaindre ! C'est bien assez de haïr quelqu'un et d'être obligée de souffrir ses assiduités.

— Vous n'êtes pas sincère, ma chère enfant, reprit Cristiano, qui arrivait à jouer avec conviction et une sorte de vraisemblance le personnage de M. Goefle : vous craignez que je ne redise vos confidences à la comtesse, ma cliente !

— Non, cher monsieur Goefle, non ! Je sais que vous êtes plus qu'un homme d'honneur, vous êtes un homme de bien. Tout le monde vous considère,

et le baron lui-même, qui pense mal de tout le
monde, n'ose parler mal de vous. J'ai tant d'estime
et de confiance en vous, que je guettais votre arrivée
ici, et il faut que je vous dise comment l'idée de vous
voir m'est venue : ce sera vous dire en deux mots
mon histoire, que ma tante ne vous a peut-être pas
racontée bien exactement.

» J'ai été élevée au château de Dalby (dans le
Wœrmland, à une vingtaine de lieues d'ici), sous
les yeux de ma tutrice, la comtesse Elfride d'Elvéda,
sœur de mon père. Quand je dis sous ses yeux... Ma
tante aime le monde et la politique. Elle suit la cour
à Stockholm, et les affaires de la diète l'intéressent
plus que moi, qui, depuis ma naissance, vis dans un
assez triste manoir avec une gouvernante française,
mademoiselle Potin. Celle-ci heureusement est très-
douce et m'aime beaucoup. Ma tante vient, deux fois
par an, voir si j'ai grandi, si je parle bien français et
russe, si je ne manque de rien, et si le rigide pasteur
de notre église veille bien à ce que nous ne recevions
jamais d'autre visite que la sienne et celle de sa
famille.

— Et ce n'est pas gai?

— Non ; mais j'aurais tort de me trouver malheureuse. Je travaille beaucoup avec ma gouvernante,
je suis assez riche et ma tante est assez généreuse

pour que je ne souffre d'aucune privation ; puis
mademoiselle Potin est aimable, et, quand nous nous
ennuyons, nous lisons des romans... oh ! des romans
très-honnêtes et très-beaux, qui nous font oublier
notre solitude et nous montrent toujours le crime
puni et la vertu récompensée !

— Comptez là-dessus !... C'est égal, il n'y a pas de
mal à le croire et à se conduire en conséquence...
Mais, dans cette solitude et à travers ces pages de
roman, aucun joli garçon ne s'est glissé dans la maison ou dans la cervelle, en dépit du pasteur et de la
tante ?

— Non, jamais, je vous le jure, monsieur Goefle,
répondit Marguerite avec candeur. Cependant je peux
bien vous dire que mon esprit s'était formé une
certaine image du mari que ma tante m'a tout à coup
annoncé il y a huit jours, et que, quand elle m'a
montré M. le baron Olaüs de Waldemora en me
disant : « C'est lui, soyez aimable ! » je l'ai trouvé
si différent de mon rêve, que je n'ai pas été aimable
du tout.

— Je le conçois. Alors votre tante ?...

— S'est moquée de moi. « Vous êtes une sotte, m'a-
t-elle dit. Une fille bien née ne doit jamais se mettre
l'idée de l'amour en tête. On ne se marie pas pour
aimer, mais pour être une grande dame. J'entends

que vous soyez baronne de Waldemora, ou bien je vous jure que vous resterez prisonnière toute votre vie dans ce château, sans voir âme qui vive. Je ferai plus, je chasserai mademoiselle Potin, qui a la mine de vous donner de mauvais conseils. Décidez-vous; je vous donne un mois. Le baron nous invite à aller passer les fêtes de Noël* dans sa riche résidence en Dalécarlie. On s'y amusera beaucoup. Ce ne seront que chasses, bals et spectacles. Vous prendrez là une idée de sa richesse, de son crédit, de son autorité, et vous reconnaîtrez que vous ne pouvez jamais espérer un mariage plus brillant et plus honorable. »

— Alors... vous avez dit oui?

— J'ai dit : « Oui, allons en Dalécarlie, puisque vous me donnez un mois de réflexion. » Je n'étais pas fâchée de voir un pays nouveau, des fêtes, des figures humaines enfin. Seulement, depuis huit jours que nous sommes dans ce pays, je vous jure, monsieur Goefle, que je trouve le baron encore plus désagréable qu'il ne m'avait semblé le premier jour.

— Mais vous allez rencontrer chez le baron,... si ce n'est déjà fait, quelque personnage moins fâcheux,

---

* Les fêtes de Noël, en Suède et en Norvége, durent du 24 décembre au 6 janvier.

I.   5.

à qui vous ouvrirez votre cœur, comme vous le
faites en cet instant, et qui vous donnera l'espoir du
bonheur et le courage de la résistance, bien mieux
que ne sauraient le faire les conseils d'un vieil
avocat!

— Non, monsieur Goefle, je n'ouvrirai mon cœur
à personne que vous, et je ne prendrai certainement
aucune confiance dans les personnes que je pourrai
rencontrer au château de Waldemora. Je vois très-
bien que le baron les a habilement choisies parmi
des obligés ou des ambitieux qui le craignent ou le
flattent, et tous ces gens-là, sauf quelques personnes
excellentes qui ne me font pas la cour, se courbent
devant moi comme si j'étais déjà la femme de leur
patron! Je ne sens que du mépris et de l'éloignement pour ces courtisans de province, tandis que j'ai
foi en vous, monsieur Goefle! Vous êtes l'homme
d'affaires du baron, mais vous n'êtes pas son homme
lige. Votre fierté et l'indépendance de votre caractère sont bien connues. Vous voyez! ma tante n'avait
pas réussi à me tromper. Elle me disait que vous
approuviez toutes ses idées,. et je pouvais m'attendre
à trouver en vous un persécuteur plein d'ironie et de
mépris pour mes rêves romanesques; mais le frère de
mademoiselle Potin, qui est gouverneur dans une famille de votre province, vous connaissait particuliè-

rement. Vous savez bien, M. Jacques Potin, à qui
vous avez rendu des services...

— Oui, oui, un charmant garçon !

— Charmant, non ! Il est bossu !

— Charmant au moral ! La bosse n'y fait rien.

— C'est vrai, c'est un homme distingué, qui nous
a dit de vous tant de bien, que j'ai résolu de vous voir
en cachette de ma tante. Mademoiselle Potin, qui s'en-
quiert adroitement de toutes choses, a su le jour et
l'heure auxquels vous étiez attendu au château neuf.
Elle a guetté votre arrivée, elle a su que, trouvant
trop de monde au château neuf, vous alliez prendre
gîte au Stollborg. Elle m'a avertie du regard comme
j'achevais ma toilette de bal sous les yeux de ma
tante. Alors ma tante, ayant à s'habiller elle-même, ce
qui prend toujours deux heures au moins, est passée
dans son appartement. Mademoiselle Potin est restée
dans le mien, afin d'inventer des prétextes pour me
dispenser de paraître devant la comtesse au cas où
celle-ci me demanderait. Je me suis glissée par un
escalier dérobé jusqu'au bord du lac, où Potin avait
dit à mon fidèle Péterson de m'attendre avec le traîneau, et me voilà ! Mais, écoutez ! il me semble que
les fanfares du château neuf annoncent l'ouverture
du bal. Il faut que je me sauve bien vite ! Et puis ce
pauvre cocher qui se gèle à m'attendre ! Adieu, mon-

sieur Goefle ; voulez-vous me permettre de revenir
demain, dans la journée, pendant que ma tante dor-
mira? car elle danse et se fatigue beaucoup au bal,
et je pourrai fort bien venir en me promenant avec
ma gouvernante.

— D'ailleurs, si la tante se fâchait, répondit Cristiano avec un accent un peu plus jeune qu'il n'eût
fallu, vous pourrez fort bien lui dire que je vous
prêche dans son sens.

— Non, dit Marguerite avertie par une méfiance
instinctive plutôt que raisonnée, je ne voudrais pas
me moquer d'elle, et peut-être ferai-je aussi bien de
ne pas revenir. Si vous me promettez tout de suite
de la faire renoncer à cet odieux mariage, il n'est
pas nécessaire que je vous importune de mes inquiétudes.

— Je vous jure de m'intéresser à vous comme à ma
propre fille, reprit Cristiano en s'observant davantage ; mais il est nécessaire que vous me teniez au
courant de l'effet de mes soins.

— Alors je reviendrai. Comme vous êtes bon,
monsieur Goefle, et quelle reconnaissance je vous
dois ! Oh ! j'avais bien raison de me dire que vous seriez mon bon ange.

En parlant ainsi avec effusion, Marguerite s'était
levée, et tendait ses petites mains au prétendu vieil-

lard, qui les baisa le plus respectueusement qu'il put,
et qui contempla un instant la ravissante petite comtesse dans sa robe de satin rose pâle, garnie de
grèbe. Il l'aida paternellement à agrafer sa pelisse
d'hermine, à remettre le capuchon sans écraser les
rubans et les fleurs de sa coiffure ; puis il lui offrit le
bras jusqu'à son traîneau, où elle disparut dans les
coussins d'édredon comme un cygne dans son nid.

Le traîneau s'envola, sillonnant la glace d'une traî-
née lumineuse, et il avait disparu derrière les rochers
du rivage avant que Cristiano, debout sur ceux du
Stollborg, eût songé au froid qui le coupait en deux,
et à la faim qui le coupait en quatre.

C'est que, sans parler d'une émotion assez vive
dont il ne cherchait pas à se rendre compte, le jeune
aventurier était retenu par un spectacle admirable.
La bourrasque, complétement apaisée, avait fait
place à cette bise du Nord qui, au contraire de celle
de nos climats, souffle de l'ouest, et balaye le ciel
en peu d'instants. Les étoiles brillaient comme jamais, dans les contrées méridionales, Cristiano ne
les avait vues briller. C'étaient littéralement des so-
leils, et la lune elle-même, à mesure que son crois-
sant montait dans l'atmosphère épurée, prenait l'é-
clat stellaire que ne se permettent point chez nous
les simples planètes. La nuit, déjà si claire, s'éclai-

rait encore du reflet des neiges et des glaces, et les
masses du paysage se découpaient dans cet air trans-
parent comme dans un crépuscule argenté.

Ces masses étaient grandioses. Des montagnes gra-
nitiques à formes anguleuses, mais couvertes de
neiges éternelles, enfermaient un horizon étroit, ouvert seulement en vallée vers le sud-ouest. Les plans
et les détails se perdaient un peu dans la nuit ; mais
la forme générale du tableau était accusée par la
vaste échancrure du ciel bleu que la rupture de la
chaîne granitique laissait à découvert. Cristiano, qui
était arrivé au Stollborg pour ainsi dire à tâtons, à
travers les tourbillons de neige, sut s'orienter assez
bien pour comprendre qu'il y était venu par ce fond
doucement ondulé, et il se rendit à peu près compte
de la situation des gorges de Falun, station où il avait
déjeuné le matin, tandis que M. Goefle, rapidement
conduit par un vigoureux cheval, s'y était arrêté plus
tard et plus longtemps.

La vallée, ou plutôt la chaîne d'étroits vallons qui
conduisait de Falun au château de Waldemora, venait donc aboutir à une impasse apparente, amphi-
théâtre irrégulier de hautes cimes, formé par un des
contre-forts de la chaîne du Sevenberg (autrement
monts Sèves ou Sevons), qui sépare cette partie de
la Suède centrale de la partie méridionale de la Nor-

vége. Deux torrents impétueux descendent des hauteurs du Sevenberg, du nord-ouest au sud-est, lon-
geant la chaîne à droite et à gauche, et se précipitant,
à mesure qu'elle s'abaisse, l'un vers la Baltique,
l'autre vers le lac Wener et le Kattégat. Ces deux
torrents, qui peu à peu deviennent des fleuves,
sont la Dala et la Klara ; nous disons le Dal et le
Klar.

Le Stollborg se trouvait planté sur un tertre ro-
cailleux, au fond d'un des petits lacs formés par le
Klar, ou par un de ses impétueux affluents. Le lecteur
ne tient pas à une géographie trop minutieuse ;
mais nous pouvons lui décrire la localité sans trop
d'erreur dans ses caractères principaux : un paysage
tourmenté qui, dans la nuit transparente, brillait
comme un assemblage de forteresses de cristal jetées
sur des points inégaux de la façon la plus capricieuse
et la plus hardie ; des granits glacés enfermant les
trois quarts de l'horizon, des micaschistes glacés se
déchirant en formes moins grandioses et plus bizarres sur les plans moins élevés ; enfin mille casca-
telles glacées suspendues en aiguilles de diamant le
long des roches, et se donnant rendez-vous vers un
torrent plus large, enchaîné aussi sous la glace, et
comme soudé au lac, dont les bords ne se distin-
guaient que grâce à des talus et à des aiguilles de

pierre brute sur le flanc noir desquels l'hiver n'avait
pu mettre sa teinte blanche et uniforme.

— On me l'avait bien dit, pensa Cristiano, que les
dures nuits du Nord avaient, pour les yeux et pour
l'imagination, des splendeurs inouïes. Si je m'en re-
tournais à Naples dire que les nuits de Naples ne
parlent qu'aux sens, et que qui n'a pas vu l'hiver sur
son trône de frimas ne se fait pas la moindre idée
des merveilles de l'œuvre divine, je pourrais bien
être honni ou lapidé. Qu'importe? Vraiment tout est
beau sous le ciel, et, pour quiconque sent cette
beauté, peut-être que la dernière impression semble
toujours la plus complète et la plus digne d'enthousiasme. Oui, il faut que ceci soit sublime, puisque
me voilà oubliant le froid, que je croyais ne pouvoir
jamais supporter, et même trouvant une sorte de
plaisir à respirer cet air qui vous entre dans la poitrine comme une lame de poignard. Certes, j'irai
jusqu'en Laponie, dût Puffo m'abandonner et le
pauvre Jean crever sur la neige. Je veux aller voir la
nuit de vingt-quatre heures et la petite lueur de midi
au mois de janvier. Je n'aurai pas de succès dans ce
pays-là; mais la petite somme que je gagnerai ici me
permettra de voyager en grand seigneur, c'est-à-dire
seul et à pied, sans rien faire que voir et sentir la
fine fleur de la vie, le *nouveau*, c'est-à-dire le jour

qui sépare le désir de la lassitude, et le rêve du souvenir.

Et le jeune homme à l'imagination avide cherchait
déjà de l'œil, dans le fond du cirque des hautes montagnes, l'invisible route qu'il aurait à suivre pour
monter vers le nord, ou pour passer en Norvége.
Déjà il s'y voyait en rêve, suspendu au bord des
abimes et chantant quelque folle tarentelle, à la
grande stupéfaction des antiques échos scandinaves,
lorsque les sons d'un orchestre éloigné apportèrent
à son oreille les refrains classiques d'une vieille chan-
son française, probablement très-moderne chez les
Dalécarliens. C'était la musique du bal donné dans
le château neuf, par le baron Olaüs de Waldemora,
à ses voisins de campagne, en l'honneur de la charmante Marguerite d'Elvéda.

Cristiano rentra en lui-même. Tout à l'heure il
avait des ailes pour s'envoler au cap Nord ; maintenant, toute sa pensée, toute son aspiration, toute sa
curiosité se reportaient sur ce château illuminé qui
rayonnait au bord du lac, et semblait exhaler dans
l'atmosphère des bouffées de chaleur artificielle.

— Ce qu'il y a de certain, se dit-il, c'est que, pour
cinq cents écus (et Dieu sait pourtant si j'aurais besoin de cinq cents écus !), je ne quitterais pas cet
étrange pays ce soir, dussé-je être transporté par les

walkyries au palais de saphirs du grand Odin. Demain, je reverrai cette fée blonde, cette descendante
d'Harald aux beaux cheveux ! — Demain?... Mais
non, je ne la reverrai pas demain ! Ni demain, ni jamais ! Dès demain, le fortuné mortel qui porte légi-
timement le doux nom de Goefle ira au château neuf
réclamer la confiance de sa cliente, la tante Elvéda,
et travailler peut-être, en véritable homme d'affaires
sans entrailles, au mariage du farouche Olaüs avec
la douce Marguerite ! Demain, la douce Marguerite
saura qu'elle a été trompée, et par qui ? Que de colère, que de mépris seront la récompense de ma
bonne tenue et de mes sages conseils !... Mais tout
cela n'empêche pas que je n'aie faim et que je ne
commence à sentir la petite fraîcheur de cette nuit
de décembre entre les 61° et 62° degrés de latitude.
Ça me fait penser au temps où je me plaignais de
l'hiver de Rome !

Cristiano reprenait le chemin de la salle de l'ourse,
lorsqu'il crut devoir donner un charitable coup d'œil
à son âne. C'est alors qu'il remarqua plus particulièrement le traîneau de M. Goefle remisé sous le han-
gar. Comment de la vue de ce traîneau à une résolution folle l'esprit de l'aventurier passa soudainement,
c'est ce que nous ne saurions bien expliquer. Ce que
nous savons, c'est qu'au lieu d'aller se mettre à sou-

pér tranquillement les reins au poêle, il se mit à contempler l'habit noir complet étalé par le docteur en
droit sur le dossier d'une chaise, dans la salle de
l'ourse.

Cristiano aurait cru que le grave personnage imité
par lui au hasard devait porter un costume suranné
et tant soit peu crasseux. Loin de là : M. Goeflc, qui
avait été assez joli garçon, s'habillait fort bien, était
soigneux de sa personne, et tenait à honneur de
montrer son jarret ferme, ainsi que sa taille, encore
droite et bien prise, dans un costume sévère, mais
de bon goût. Cristiano endossa l'habit, qui lui allait
comme un gant; il découvrit la boîte à poudre et la
houppe, et jeta un léger *nuage* sur sa riche chevelure
noire. Les bas de soie étaient un peu étroits du mol-
let, et les souliers à boucles un peu larges; mais
quoi! en Dalécarlie y regardait-on de si près? Bref,
en dix minutes, Cristiano se trouva habillé en honnête fils de famille, professeur ès n'importe quoi,
étudiant ou membre de n'importe quelle Faculté sa-
vante, profession grave, mais tournure charmante et
tenue irréprochable.

On devine bien que l'aventurier tira le cheval de
M. Goefle de l'écurie après avoir prié Jean de ne pas
trop s'ennuyer tout seul, qu'il attela le docile
Loki au traîneau, alluma le fanal, et descendit

comme un trait de flèche le chemin escarpé du
Stollborg.

Dix minutes après, il entrait dans la cour illumi-
née du château neuf, jetait d'un air dégagé les rênes
aux grands laquais galonnés accourus au bruit des
clochettes de son cheval, et franchissait quatre à
quatre les degrés du perron de l'opulente résidence.

III

Cristiano agissait, comme on fait dans certains rêves où l'on se sent entraîné à accomplir une action invraisemblable sans pouvoir se rendre compte de sa propre volonté. Tout n'était-il pas invraisemblable dans le milieu où il se trouvait jeté? Ce fantastique château, appelé le château neuf par antithèse à la masure du Stollborg, mais qui datait en réalité du temps de la reine Christine, et qui, par sa richesse et son animation, semblait tombé des nues au sein d'un désert sauvage; ces abords de roches brutes et d'eaux fougueuses qui avaient toutes les raisons du monde pour être impraticables, mais où, grâce à l'hiver, d'élégants équipages avaient tracé sur la glace des chemins sinueux et faciles; les cordons de lumières qui dessinaient dans la nuit la vaste enceinte des murs avec leurs tours trapues, coiffées de gros bonnets de cuivre surmontés de flèches déme-

surées ; le long corps de logis irrégulièrement flan-
qué de pavillons carrés, et terminé par de gigantesques pignons dentelés de statues et d'emblèmes ; la
grande horloge du pavillon central, qui sonnait dix
heures du soir, heure à laquelle les ours mêmes craignent de secouer la neige où ils sont blottis, et où
des hommes, les plus délicats animaux de la création, dansaient en bas de soie avec des femmes aux
épaules nues ; tout dans l'âpre grandeur du site et
dans la scène galante qui l'animait, jusqu'aux ac-
cords badins et précieux de cette vieille musique
française qui se mariait sans façon aux aigres soupirs
de la bise dans les longs corridors, était fait pour
étonner la raison d'un voyageur et embrouiller les
notions d'un habitant de l'Italie.

En voyant les vastes salons et la longue galerie à
plafond peint de divinités mythologiques remplis de
bruit et de monde, Cristiano se demanda sérieusement si ces gens-là n'étaient pas des fantômes évo-
qués par les sorcières de la solitude pour se moquer
de lui. D'où sortaient-ils avec leurs toilettes rococo,
leurs habits à paillettes et leurs dames poudrées,
souriantes dans les flots de plumes et de dentelles?
Le château magique n'allait-il pas disparaître d'un
coup de baguette, et ces pimpants danseurs de
menuet et de chaconne n'allaient-ils pas s'en-

voler sous la forme d'aigles blancs ou de cygnes sauvages ?

Cristiano avait pourtant déjà remarqué la physionomie particulière des mœurs de la Suède : l'isolement aventureux des habitations, l'énorme distance
qui les sépare des petits groupes honorés du nom de
village; l'éparpillement de ces mêmes villages s'é-
tendant quelquefois sur une surface de deux ou trois
lieues et ralliés seulement par le dôme verdâtre du
clocher de la paroisse; le mépris des nobles pour le
séjour des villes, attribué exclusivement aux bourgeois commerçants; enfin la passion du désert jointe,
par un bizarre contraste, à la passion d'une locomo-
tion effrénée, en vue des réunions soudaines et en apparence impossibles. Mais Cristiano, bien qu'appelé
à une fête de campagne, n'avait pas prévu que ces
instincts caractéristiques du Suédois dussent augmenter en raison de la rigueur du climat, de la lon-
gueur des nuits et de la difficulté apparente des com-
munications. C'est pourtant là une conséquence naturelle du besoin que l'homme éprouve de vaincre
la nature et de mettre à profit les compensations
qu'elle lui présente. Il y avait deux mois que le baron
avait fait savoir à cinquante lieues à la ronde qu'il
recevrait la noblesse du pays aux fêtes de Noël. Le
baron n'était estimé ni aimé de personne, et cepen-

dant, depuis quelques jours, le château était plein
d'hôtes empressés, venus des quatre points cardi-
naux, à travers les lacs, les forêts et les montagnes.

L'hospitalité est proverbiale en Dalécarlie, et,
comme l'amour du désert joint à celui du plaisir,
elle augmente à mesure que l'on s'enfonce dans les
régions difficiles et reculées. Cristiano, qui avait remarqué cette admirable bienveillance pour les étrangers de la part des Suédois, surtout lorsqu'on parle
leur langue, avait peu songé à la difficulté de s'introduire dans une réunion où l'on n'est connu de
personne, lorsqu'à cet inconvénient se joint celui de
n'avoir pas été invité. Aussi eut-il un moment de réveil désagréable en voyant une espèce de maître
d'hôtel qui portait l'épée venir à sa rencontre dans
la salle d'entrée, et lui tendre la main d'un air affable après l'avoir respectueusement salué.

Cristiano, croyant que cette main tendue était
une manière d'accueil en usage dans le pays, allait
la serrer avec bienveillance ; mais il s'avisa que ce
pouvait être la demande de produire sa lettre d'invitation. Le personnage était vieux, laid, marqué de
petite vérole, et ses yeux bridés avaient une expression de fausseté mal déguisée sous un air d'apathie
doucereuse. Cristiano mit donc sa main dans la
poche de sa veste, bien certain de n'y pas trouver ce

qu'on lui réclamait. Il avait bien reçu la proposition de venir à Waldemora aux frais de l'amphitryon, mais non pas au même titre que les gentilshommes du pays. Aussi se préparait-il à faire la mimique de l'homme qui a oublié son passe-port, et qui se dispose à retourner le chercher, sauf à ne pas revenir, lorsque sa main rencontra dans sa poche, c'est-à-dire dans celle de M. Goefle, un papier signé du baron et contenant une invitation en règle pour l'honorable M. Goefle et les personnes de sa famille, conformément à la formule généralement adoptée. Cristiano, dès qu'il y eut jeté les yeux, présenta résolûment la lettre d'admission, que le maître d'hôtel regarda à peine, mais qu'il lut cependant avec certitude.

— Monsieur est le parent de M. Goefle? dit-il en mettant la lettre dans une corbeille avec beaucoup d'autres.

— Parbleu! répondit Cristiano avec assurance.

M. Johan (tel était le nom du maître d'hôtel) salua de nouveau et alla ouvrir une porte qui donnait sur le grand escalier, par où allaient et venaient les hôtes installés au château, et par où montaient sans contrôle les voisins connus du nombreux domestique de la maison. A cette simple formalité se borna l'introduction de Cristiano, lequel avait espéré y échapper, n'ayant pas le dessein de se poser en

aucune façon dans la fête, mais se livrant seulement
à la fantaisie de la parcourir et d'y apercevoir la
charmante Marguerite.

Il se trouva d'abord dans la grande galerie peinte
à fresque qui traversait le principal corps de logis de
part en part, et dont la décoration faisait de son
mieux pour imiter le goût italien introduit en Suède
par la reine Christine. Les peintures n'étaient pas
bonnes, mais elles produisaient leur effet. Elles représentaient des scènes de chasse, et, si leur grand
mouvement de chiens, de chevaux et d'animaux sauvages ne satisfaisait pas par le dessin le jugement de
l'artiste, il réjouissait du moins la vue par un ensemble de couleurs brillant et animé.

En suivant cette galerie, Cristiano arriva au seuil
d'un assez riche salon où l'on commençait à danser.
L'aventurier n'avait qu'une pensée en promenant ses
regards sur les danseuses ; mais à son désir de voir
Marguerite se joignait une secrète anxiété. Trouver
le moyen de renouer avec elle la conversation du
Stollborg, en substituant sa véritable personnalité ou
tout au moins une personnalité nouvelle quelconque
à celle qu'il avait usurpée, ne lui paraissait plus
chose aussi facile qu'il se l'était imaginé en s'em-
barquant dans cette folle aventure. Aussi fut-il presque content de ne pas voir Marguerite dans le bal,

et il profita de ce qui lui sembla être un répit pour
essayer de se faire une idée du monde qui s'agitait
devant ses yeux.

Il s'était attendu à des étonnements auxquels rien
ne donna lieu. Au premier abord, la réunion n'avait
pas le caractère particulier que son imagination
s'était promis. Le siècle appartenait, à cette époque,
à Voltaire, et, par contre-coup, à la France. A
l'exemple de presque tous les souverains de l'Europe,
les hautes classes de presque toute l'Europe avaient
adopté la langue et en apparence les idées de la France
philosophique et littéraire; seulement, comme le
goût, la logique et le discernement ne sont jamais
que le partage du petit nombre, il résultait de cet
engouement pour nos idées beaucoup d'inconsé-
quences. Ainsi les usages et les mœurs se ressen-
taient beaucoup plus souvent de la corruption et de
la mollesse de Versailles que des studieux loisirs de
Ferney. La France était une mode, tout comme la
philosophie. Arts, costumes, monuments, bon ton,
manière d'être ou de paraître, tout était une copie
plus ou moins réussie de la France dans ce qu'elle
avait à ce moment de bon et de mauvais, de splen-
dide et de mesquin, de prospère et de fâcheux. C'é-
tait une de ces époques caractéristiques où le progrès et la décadence semblent se donner la main,

en attendant qu'ils s'étreignent pour s'étouffer mutuellement.

L'intérieur du baron Olaüs n'était que la copie un
peu arriérée d'une réunion française au xviii° siècle,
et cependant le baron haïssait la France et intriguait
dans le sens de la politique russe ; mais, en Russie,
on singeait aussi la France, on parlait français ; on
avait à la cour les mœurs farouches et sanglantes de
la barbarie, tout en s'essayant aux manières galantes
et à l'esprit de notre civilisation. Le baron Olaüs suivait donc le courant irrésistible de l'époque. Plus
tard, nous saurons son histoire. Revenons à Cristiano.

Quand il eut bien regardé les toilettes des femmes,
qui lui parurent n'être que de quelques années en
retard sur celles des dames françaises, et leurs figures, qui, sans être toutes belles et jeunes, avaient
généralement une expression de douceur on d'intelligence, il chercha à reconnaître, c'est-à-dire à deviner parmi les hommes la tournure et la physionomie
du maître de la maison. Près du lieu d'où il observait toutes choses sans se mettre en évidence, deux
hommes causaient à voix basse en lui tournant le
dos. Involontairement Cristiano suivit leur conversation, bien qu'il n'y prît aucun intérêt personnel.

Ces deux hommes parlaient français, l'un avec l'ac-

cent russe, l'autre avec l'accent suédois. La langue
des cours et de la diplomatie était apparemment nécessaire à l'échange de leurs idées.

— Bah ! disait le Suédois, je ne suis pas plus *bonnet* que *chapeau,* bien que l'on me mette à la tête
d'une certaine fraction des plus épais bonnets de co-
ton de la diète. Au fond je me moque des puérilités,
et vous connaîtriez mal la Suède, si vous faisiez
plus de cas des uns que des autres.

— Je le sais, répondit le Russe : les voix au plus
offrant.

— Offrez donc ! Vous n'avez pas d'autre politique
à suivre. Elle est simple, et elle vous est facile, à
vous qui avez un gouvernement riche. Quant à moi,
je vous suis tout acquis, sans vous rien demander;
c'est une affaire de conviction.

— Je vois que vous n'êtes pas de ces patriotes de
l'âge d'or qui rêvent l'union scandinave, et qu'on
s'entendra toujours avec vous. La czarine compte sur
vous; mais n'espérez pas vous soustraire à ses libé-
ralités : elle n'accepte aucun service qu'elle ne récompense magnifiquement.

— Je le sais, reprit le Suédois avec un cynisme
qui frappa Cristiano ; j'en ai fait l'expérience. Vive la
grande Catherine ! qu'elle nous mette dans sa poche,
ce n'est pas moi qui m'y opposerai. Qu'elle nous dé-

I. 6.

barrasse surtout des folles notions de droit et de liberté des paysans, qui sont notre fléau! Qu'elle
donne un peu de knout à la bourgeoisie et pas mal
de Sibérie à bon nombre de nobles qui veulent faire
à leur tête! Quant à notre bonhomme de roi, qu'on
lui rende son évêché, et surtout qu'on lui ôte sa
femme, et il n'aura pas à se plaindre.

— Parlez moins haut, reprit le Russe; peut-être
nous écoute-t-on sans en avoir l'air.

— Ne craignez donc rien! Tout le monde fait semblant de savoir le français; mais il n'y a pas ici dix
personnes sur cent qui l'entendent. D'ailleurs, ce
que je vous dis là, j'ai coutume de le dire sans me
gêner. Il y a longtemps que j'ai découvert que la
meilleure politique était de faire craindre son opinion. Quant à moi, je crie sur les toits que la Suède
est finie. Que ceux qui le trouvent mauvais me prou-
vent le contraire!

Cristiano, bien qu'il n'appartînt à aucune nation,
ne sachant rien de son pays et de sa famille, se sentit
indigné d'entendre un Suédois vendre sa part de
nationalité avec cette impudence, et il chercha à voir
les traits de l'homme qui parlait de la sorte; mais
son attention fut détournée par le passage bruyant
et incommode d'une figure hétéroclite qui allait de
groupe en groupe avec l'activité d'un homme soi-

gneux de faire les honneurs de la fête. Ce personnage était vêtu d'un habit rouge très-voyant et très-
richement brodé, et décoré de l'ordre suédois de
l'Étoile polaire. Sa coiffure, beaucoup trop élevée
pour l'époque, affectait une frisure triomphante de
fort mauvais goût, et ses énormes manchettes de
superbe dentelle affichaient plus de luxe que de propreté. Du reste, il était vieux, disgracieux, pétulant,
bizarre, un peu bossu, très-boiteux et tout à fait
louche. Cristiano conclut de ce dernier trait qu'il
avait le regard fourbe, et qu'un si malplaisant original ne pouvait être que l'absurde et odieux prétendant à la main de Marguerite.

Pour n'avoir point à se présenter à lui et à soutenir l'usurpation de parenté avec M. Goefle (liberté
qu'il s'était permise sans remords et sans danger vis-
à-vis du maître d'hôtel), Cristiano s'éloigna discrètement, résolu à errer de salle en salle jusqu'à ce
qu'il eût aperçu la jeune comtesse, dût-il se retirer
aussitôt après, sans avoir pu lui adresser la parole.
Il lui sembla bien avoir été regardé avec une certaine
attention par le châtelain bossu ; mais, par une sa-
vante manœuvre à travers les personnes qui causaient
debout près des portes, il se flatta d'y échapper à
temps.

Il se promena quelques instants, je ne dirai pas

dans la foule (le local était plus vaste que les hôtes
n'étaient nombreux), mais à travers des scènes assez
animées, qu'il n'eut pas le loisir d'observer beaucoup. Craignant d'être interrogé avant d'avoir pu
joindre celle qu'il cherchait, il passait d'un air af-
fairé et d'autant plus fier qu'il sentait l'audace près
de lui manquer. Et cependant, soit curiosité pour
un hôte que personne ne connaissait, soit sympathie pour sa belle prestance et sa figure remarquable,
dans tous les groupes qu'il côtoyait, il se trouvait
des gens disposés à l'aborder ou à bien accueillir
ses avances ; mais Cristiano éprouvait une sorte de
vertige qui lui faisait interpréter en sens contraire
les regards affables et les sourires bienveillants dont
il était le but. Il passait donc vite, feignant de chercher ouvertement quelqu'un, et saluant avec une
grâce aisée, qui ne lui coûtait rien, les gens qui se
dérangeaient devant lui, mais sans trop oser les regarder.

Enfin il aperçut, en revenant dans la galerie dite
des chasses, deux femmes qu'il reconnut aussitôt,
l'une pour celle qu'il avait vue au Stollborg une
heure auparavant, l'autre pour sa gouvernante ; cette
supposition était assez bien fondée sur la toilette modeste, l'air timide et fin, et je ne sais quoi de français
répandu dans l'aspect de mademoiselle Potin. Ceci était

la première partie de l'épisode romanesque arrangé dans la tête de Cristiano. Il était au bal, il n'avait pas rencontré d'obstacle à son admission, il s'était préservé du regard et des questions du maître de la maison, et il trouvait enfin Marguerite sous la tutelle bénévole de sa confidente. Ce n'était pas tout. Il s'agissait d'aborder la jeune comtesse ou d'attirer son attention, et de nouer sur de nouveaux frais connaissance avec elle.

La seconde partie du roman débuta d'une façon très-inquiétante. Au moment où Cristiano guettait le regard de Marguerite, regard sur lequel il comptait pour trouver l'inspiration, il sentit un pas inégal qui tâchait d'emboîter le sien, et une voix claire et criarde, partant de derrière lui, l'arrêta net par ces paroles :

— Monsieur ! monsieur l'étranger ! où courez-vous ainsi ?

L'aventurier se retourna et se vit nez à nez avec le vieillard louche et contrefait qu'il avait cru si bien éviter. Je dis nez à nez, car le boiteux, s'étant lancé à sa poursuite, ne put changer son allure aussi vite que lui, et faillit tomber dans ses bras. Cristiano pouvait fuir, mais c'eût été tout compromettre ; il paya d'audace et répondit :

— Je vous demande mille pardons, monsieur

le baron, c'est précisément vous que je cher-
chais.

— Ah! oui, dit le boiteux en lui tendant la main
avec une soudaine cordialité; je m'en doutais bien.
J'avais remarqué votre figure parmi toutes les autres;
je m'étais dit : « Voilà un homme instruit, quelque
voyageur savant, un homme sérieux, une intelligence enfin, et certainement je suis le pôle que
cherche l'aimant. » Eh bien, me voilà, c'est moi. Je
suis tout à vous et avec plaisir. J'aime la jeunesse
studieuse, et vous pouvez me faire toutes les questions dont vous souhaitez la solution.

Il y avait tant de candeur et de bonhomie dans
la figure riante et le langage vaniteux du vieillard,
que Cristiano accusa intérieurement Marguerite
d'injustice à son égard. A coup sûr, c'était là un
fiancé burlesque et impossible; mais c'était le meilleur homme du monde, incapable de donner une
chiquenaude à un enfant, et, si un de ses yeux er-
rait, vague et comme ébloui, sur les parois de la
salle, l'autre regardait son interlocuteur d'une façon
si franche et si paternelle, que toute accusation de
férocité devenait une rêverie.

— Je suis confus de vos bontés, monsieur le baron, répondit Cristiano, rassuré jusqu'à l'ironie. Je
savais bien que vous étiez versé dans les sciences, et

c'est pour cela qu'ayant moi-même quelques faibles notions...

— Vous vouliez me demander des conseils, une direction peut-être... Ah! mon cher enfant, en toutes choses, la méthode... Mais je ne veux pas vous tenir debout au milieu de ces gens frivoles qui vont et viennent; asseyons-nous là, tenez. Personne ne nous dérangera, et, pour peu que le cœur vous en dise, nous causerons toute la nuit. Quand il s'agit de science, je ne connais ni fatigue, ni faim, ni sommeil. Vous êtes comme ça, je parie? Ah! c'est que, voyez-vous, il faut être comme ça, ou ne pas se mêler de devenir savant!

— Hélas! pensa Cristiano, je suis tombé au fond d'un uits de science, et me voilà condamné aux mines, e parie, ni plus ni moins qu'un exilé en Sibérie!

Cette découverte était d'autant plus cruelle que arguerite avait passé, et qu'elle était déjà au bout e la galerie, causant avec ceux et celles qui venaient a saluer, et se dirigeant visiblement vers la salle de anse, où le baron ne paraissait nullement disposé la rejoindre. Il s'était assis dans une des embra-ures en hémicycle de la galerie, auprès d'un poêle issimulé par des branches d'if et de houx, formant ophée avec des armes de chasse et des têtes em-illées d'animaux sauvages.

— Je vois, dit Cristiano, qui eût bien voulu éviter en ce moment la conversation scientifique, que vous êtes universel. Il n'est question que de votre adresse à la chasse, et je m'étonne que vous trouviez le temps...

— Pourquoi me supposez-vous chasseur? répondit le vieillard d'un air étonné. Ah! c'est parce que vous me croyez coupable du meurtre de ces bêtes, dont les têtes mutilées sont là, nous regardant tristement avec leurs pauvres yeux d'émail! On vous a trompé, je n'ai chassé de ma vie. J'ai horreur des amusements qui entretiennent la férocité trop naturelle à l'homme! C'est à l'étude des entrailles insensibles, mais fécondes, du globe que je me suis consacré.

— Pardon! monsieur le baron, je croyais...

— Mais pourquoi m'appelez-vous baron? Je ne le suis pas; il est bien vrai que le roi m'a anobli et décoré de l'Étoile polaire, en récompense de mes travaux dans les mines de Falun. J'ai été, comme vous savez sans doute, professeur de l'École de minéralogie dans cette ville; mais je n'ai pas pour cela droit à un titre, et il me suffit d'avoir quelques petits priviléges qui me soutiennent devant la caste orgueilleuse, dont, après tout, je me soucie comme de rien.

— J'ai fait quelque méprise, pensa Cristiano. Oh !
alors, il s'agit d'échapper à ce savant le plus vite
possible, sauf à le retrouver plus tard.

Mais il changea tout à coup d'idée en voyant Marguerite revenir sur ses pas et faire mine de se diriger lentement, et à travers mille interruptions, vers
le lieu où il se trouvait. Il ne songea plus dès lors
qu'à se mettre au mieux avec le géologue, afin de se
faire présenter par lui, s'il était possible, comme un
homme distingué. Il entra donc vite en matière. Il
en savait plus qu'il ne faut pour faire des questions
intelligentes. Il avait traversé Falun dans la matinée,
il était descendu dans la grande mine, et il avait re-
cueilli, pour sa satisfaction personnelle, des échantillons intéressants, au grand mépris de Puffo, qui le
regardait parfois comme un cerveau détraqué. Il savait bien, en outre, qu'il suffit, en général, d'écouter
avec respect un savant vaniteux et de provoquer l'étalage de sa science pour être jugé par lui très-intelli-
gent. C'est ce qui ne manqua pas d'arriver. Sans songer
à lui demander son nom, son pays ou sa profession,
le professeur fit à Cristiano la description minutieuse du monde souterrain, à la surface duquel il ne
se souciait que de lui-même, de sa réputation, de ses
écrits, enfin du succès de ses observations et décou-
vertes.

I.   7

Dans tout autre moment, Cristiano l'eût écouté
avec plaisir; car il voyait bien, en somme, qu'il avait
affaire à un homme très-ferré sur son sujet, et il s'in-
téressait vivement pour son compte à toute étude sé-
rieuse de la nature; mais Marguerite approchait, et
le savant, remarquant la préoccupation soudaine du
jeune homme, leva son bon œil dans la même direction et s'écria :

— Ah! voici ma fiancée! je ne m'étonne plus!
Parbleu! mon cher ami, il faut que je vous présente
à la plus aimable personne du royaume.

— C'est donc lui! pensa Cristiano stupéfait : c'est
décidément le baron Olaüs! Il est fou; mais c'est
bien là le vieillard à qui cette rose des neiges doit
être sacrifiée!

Il se confirma dans cette croyance, mais avec un
étonnement nouveau, quand il vit Marguerite hâter
le pas de son côté, en disant à mademoiselle Potin :

— Enfin voilà mon amoureux!

Puis elle ajouta en tendant la main au vieillard
avec un sourire presque caressant :

— Mais à quoi songez-vous, monsieur, de vous
cacher dans ce petit coin quand votre fiancée vous
cherche depuis une heure!

— Vous le voyez, dit le savant avec une satisfaction
naïve à Cristiano, elle me cherche, elle s'ennuie

quand je ne suis pas auprès d'elle ! Que voulez-vous,
ma belle amoureuse? Tout le monde veut me consulter, ce n'est pas ma faute, et voilà un charmant
jeune homme, un voyageur... français, n'est-ce pas?
ou italien, car vous avez un tout petit accent étranger? Permettez-moi, comtesse Marguerite, de vous
présenter mon jeune ami, M. de... Comment vous
nommez-vous?

— Christian Goefle, dit Cristiano avec aplomb.

Ce nom usurpé, surtout cette voix et cette prononciation qu'elle avait toutes fraîches dans l'oreille firent tressaillir Marguerite.

— Vous êtes le fils de M. Goefle? dit-elle vivement. Oh! c'est singulier comme vous lui ressemblez!

— Il n'y aurait rien de singulier à se ressembler
de si près, répondit le savant; mais monsieur ne peut
être que le neveu de Goefle; car Goefle ne s'est jamais marié, et, par conséquent, n'a pas plus d'enfant que moi-même.

— Ce ne serait pas une raison, dit Cristiano à l'o-
reille du savant.

— Ah! oui, au fait! répondit celui-ci du même
ton et avec une naïveté incroyable, je n'y songeais
pas! ce diable de Goëfle!... Alors vous seriez un fils
de la main gauche?

— Élevé à l'étranger et arrivé tout récemment en Suède, répondit Christian, émerveillé du succès de ses inspirations.

— Bien, bien! reprit le savant, qui écoutait fort peu tout ce qui ne le concernait pas directement; je comprends, c'est bien vu, vous êtes son neveu.

Puis, s'adressant à Marguerite :

— Je connais parfaitement monsieur, lui dit-il, et je vous le présente comme le propre neveu du bon Goefle... que vous ne connaissez pas, mais que vous avez envie de connaître, vous le disiez ce matin.

— Et je le dis encore, s'écria Marguerite.

Mais tout aussitôt elle rougit en rencontrant les yeux de Cristiano, qui lui rappelèrent par leur vivacité ceux du faux Goefle, qu'elle avait trouvés fort brillants à travers les mèches pendantes du bonnet fourré, lorsque, pour la mieux voir, il avait de temps en temps relevé involontairement les lunettes vertes du docteur.

— Et comment se fait-il, reprit le savant en s'adressant à la jeune fille sans remarquer son trouble, que vous ne soyez pas à la danse? Je croyais qu'il n'y en aurait que pour vous cette nuit, et qu'on n'aurait pas le loisir de vous dire un mot.

— Eh bien, mon cher amoureux, vous vous êtes trompé. Je ne danserai pas : je me suis tourné le pied dans l'escalier. Vous ne voyez donc pas que je suis boiteuse?

— Non, en vérité! C'est donc pour me ressembler? Racontez un peu à M. Goefle comment je suis devenu boiteux; c'est une histoire épouvantable, et tout autre que moi y serait resté. Oui, monsieur, vous voyez en moi une victime de la science.

Et, sans attendre que Marguerite prît la parole, M. Stangstadius se mit à raconter avec animation comme quoi, en se faisant descendre dans une mine, la corde ayant cassé, il était tombé avec le panier au fond du gouffre d'une hauteur de cinquante pieds sept pouces et cinq lignes. Il était resté évanoui six heures cinquante-trois minutes, je ne sais combien de secondes, et, pendant deux mois, quatre jours et trois heures et demie, il n'avait pu faire un mouvement. Il spécifia de même avec une ponctualité désespérante la mesure exacte des emplâtres dont il avait été couvert sur chaque partie endommagée de son corps, et la quantité par drachmes, grains et scrupules, des différentes drogues qu'il avait absorbées, soit en boissons, soit en frictions émollientes.

Ce récit fut très-long, bien que le bonhomme parlât vite et sans se répéter; mais sa mémoire était un véritable fléau, qui ne lui permettait pas d'omettre

la plus minime circonstance, et, quand il parlait de
lui-même, il ne supposait jamais que l'on pût se
lasser de l'écouter.

Marguerite, qui savait par cœur le récit de l'événement, put n'y pas prêter grande attention et s'entretenir quelques moments à voix basse avec mademoiselle Potin. Le résultat de cette courte conférence, que Cristiano remarqua fort bien, fut bientôt
visible pour lui. La bonne Potin saisit au vol le moment où le vieillard finissait son histoire et allait
s'embarquer dans une autre, pour lui demander avec
une insidieuse candeur l'explication d'un paragraphe
qu'elle prétendait n'avoir pu comprendre dans son
dernier ouvrage.

Cristiano admira le génie inventif de la femme en
voyant avec quelle chaleur le savant s'absorba dans
une discussion avec la gouvernante, tandis que les
yeux de Marguerite disaient clairement au jeune
homme :

— Je meurs d'envie de vous parler!

Il ne se le fit pas dire deux fois, et la suivit à l'autre
extrémité du petit hémicycle, où elle s'assit sur une
banquette, tandis que, debout auprès d'elle, en dehors de l'embrasure et dans une attitude respectueuse, il la masquait adroitement aux regards des
allants et venants.

— Monsieur Christian Goefle, lui dit-elle en le regardant avec attention encore une fois, c'est étonnant
comme vous ressemblez à monsieur votre oncle !

— On me l'a dit souvent, mademoiselle ; il paraît
que c'est frappant !

— Je n'ai pas bien vu, et même je peux dire que je
n'ai presque pas vu sa figure ; mais son accent, sa
prononciation... c'est la même chose absolument !

— J'aurais cru pourtant avoir le timbre un peu
plus frais ! répliqua Cristiano, qui avait eu soin au
Stollborg de vieillir de temps en temps ses intona-
tions.

— Oui, sans doute, dit la jeune fille, il y a la différence de l'âge, quoiqu'on puisse dire que monsieur
votre oncle a encore un très-bel organe. Après tout,
il n'est pas bien vieux, n'est-ce pas ? Il ne m'a pas
paru du tout avoir l'âge qu'on lui donne. Il a des
yeux magnifiques, et il est presque de votre taille...

— A peu de chose près, dit Cristiano en jetant
un regard involontaire sur l'habit du docteur en
droit, et en se demandant si Marguerite le raillait ou
l'interrogeait de bonne foi.

Il prit le parti de brusquer l'explication.

— Mon oncle et moi, dit-il, nous avons encore
une autre ressemblance : c'est l'intérêt bien vif que
nous portons à une personne de votre connaissance

et le dévouement dont nous sommes animés pour
elle.

— Ah! ah! dit la jeune fille en rougissant encore,
mais avec une candeur qui dissipa les inquiétudes
de Cristiano; je vois que monsieur votre oncle est
un babillard, et qu'il vous a raconté ma visite de ce
soir.

— J'ignore si vous lui avez confié quelque secret;
ce qu'il m'a répété ne renferme aucun mystère dont
vous ayez à rougir.

— Répété... répété... Vous étiez là, je parie, dans
quelque chambre ou cabinet voisin? Vous avez tout
entendu?

— Eh bien, oui, répondit Cristiano, qui vit que la
confiance irait plus vite, s'il profitait de l'idée qu'on
lui suggérait innocemment; j'étais dans la chambre
à coucher, occupé à mettre en ordre les papiers de
mon oncle. A son insu et malgré moi, j'ai tout entendu.

— Voilà qui est agréable! dit Marguerite un peu
confuse, et cependant contente au fond du cœur
sans pouvoir s'en rendre compte; au lieu d'un con-
fident, il se trouve que j'en ai deux!

— Vos confidences étaient celles d'un ange en apparence; mais je commence à craindre que ce ne
fussent réellement celles d'un démon!

— Merci de la bonne opinion que vous avez de moi! Peut-on savoir sur quoi vous la fondez?

— Sur une dissimulation que je ne m'explique pas. Vous avez dépeint le baron Olaüs comme un monstre au physique et au moral...

— Pardonnez-moi, monsieur; vous avez mal entendu. Je l'ai dépeint désagréable, effrayant; je n'ai jamais dit qu'il fût laid.

— Et pourtant vous auriez pu le dire, car il est, à franchement parler, d'une laideur accomplie.

— A cause de sa physionomie dure et froide, c'est vrai; mais tout le monde s'accorde à dire qu'il a de fort beaux traits.

— Les gens de ce pays ont une singulière manière de voir! Enfin ne disputons pas des goûts! Moi, je vois autrement. Je le trouve laid et mal tourné, mais d'un aspect comique et débonnaire...

— Vous vous moquez certainement, monsieur Christian Goefle, ou il y a ici un quiproquo. Dieu me pardonne, vos yeux désignent le personnage qui est en face de nous! Serait-il possible que, dans votre opinion, ce fût là le baron de Waldemora?

— Ne dois-je pas croire que le baron est celui qui parle de vous comme de sa fiancée, et que vous appelez gaiement votre amoureux?

Marguerite éclata de rire.

I.   7.

—Oh! en effet, s'écria-t-elle, si vous avez pu croire
que je traitais avec cette familiarité amicale le baron
Olaüs, vous devez me juger bien menteuse ou bien
inconséquente; mais, Dieu merci, je ne suis ni l'une
ni l'autre. Le personnage que j'appelle par plaisan-
terie mon amoureux n'est autre que le docteur ès
sciences Stangstadius, dont il est bien impossible
que vous n'ayez pas entendu parler à votre oncle.

— Le docteur Stangstadius? répondit Cristiano,
soulagé d'un grand déplaisir. Eh bien, j'avoue que
je ne le connais pas, même de nom. J'arrive de
pays lointains où j'ai toujours vécu.

— Alors, reprit Marguerite, je m'explique comment vous ne connaissez pas le savant minéralogiste
ici présent. C'est, comme vous l'avez très-bien jugé,
un excellent homme, un peu violent parfois, mais
sans rancune. J'ajouterai qu'il est naïf comme un
enfant, et qu'il y a des jours où il prend au sérieux
ma *passion* pour lui, et cherche à s'en débarrasser en
me disant qu'un homme tel que lui appartient à
l'univers et ne peut se consacrer à une femme. J'ai
connu ce bonhomme il y a déjà bien longtemps,
lorsqu'il est venu au château où j'ai été élevée, pour
faire des études dans nos terrains. Il y a passé quelques semaines, et, depuis, ma tante l'a autorisé à
venir me voir lorsqu'il a affaire dans le pays. C'est le

seul homme que je connusse ici quand j'y suis arrivée, car il faut vous dire que le baron Olaüs lui a
confié des travaux à diriger dans son domaine; mais
j'aperçois ma tante, qui me cherche et qui va me
gronder, vous allez voir!

— Voulez-vous l'éviter? Passez entre la muraille
et ce trophée de chasse.

— Il faudrait que Potin y passât aussi, et nous ne
pourrons jamais persuader à M. Stangstadius de ne
pas nous trahir. Hélas! ma tante va me tourmenter
pour que je danse avec le baron; mais je m'obstine-
rai à être boiteuse, bien que je le sois si peu, que je
ne m'en aperçois pas.

— Vous ne l'êtes pas du tout, j'espère?

— Si fait. J'ai eu le bonheur de tomber devant
elle, tout à l'heure, dans l'escalier. J'ai eu, pour
tout de bon, un peu de douleur à la cheville, et j'ai
fait pas mal de grimaces pour prouver qu'il m'était
impossible d'ouvrir la danse *noble* avec le maître de
la maison. Ma tante a dû me remplacer, et voilà
pourquoi je suis ici; mais c'est fini : elle arrive!

En effet, la comtesse Elfride d'Elvéda s'approchait, et Cristiano dut s'éloigner un peu de Marguerite, auprès de laquelle il s'était assis.

La comtesse était une petite femme grasse, fraîche, vive, décidée, à peine âgée de trente-cinq ans,

très-coquette, mais moins par galanterie que par esprit d'intrigue.

Elle était un des plus ardents *bonnets* de la Suède, c'est-à-dire qu'elle travaillait pour la Russie contre la France, dont les partisans prenaient le titre de *chapeaux*, et pour la noblesse et le clergé luthérien contre la royauté, qui naturellement cherchait son appui dans les autres ordres de l'État, les bourgeois et les paysans.

Elle avait été jolie et elle l'était encore assez, son esprit et son crédit aidant, pour faire des conquêtes; mais sa manière d'être, tour à tour hautaine et familière, déplut à Cristiano. Dès le premier coup d'œil, il lui trouva un air de duplicité et d'obstination qui lui parut de mauvais augure pour l'avenir de Marguerite.

— Eh bien, dit-elle à celle-ci d'un ton aigre et bref, que faites-vous là, contre ce poêle, comme si vous étiez gelée? Venez, j'ai à vous parler.

— Oui, ma tante, répondit la rusée Marguerite en feignant de se lever avec effort; mais c'est qu'en vérité je souffre beaucoup de ce pied! Ne pouvant danser, j'avais froid dans le grand salon.

— Mais avec qui donc causiez-vous ici? lui demanda la comtesse en regardant Cristiano, qui s'était rapproché de M. Stangstadius.

— Avec le neveu de votre ami M. Goefle, qui vient

de m'être présenté par M. Stangstadius. Vous le pré-
senterai-je, ma tante?

Cristiano, qui n'écoutait pas le savant, entendit
fort bien la réponse de Marguerite, et, résolu à tout
risquer pour prolonger ses rapports avec la nièce, il
vint de lui-même saluer la tante d'une façon si gracieusement respectueuse, qu'elle fut frappée de sa
bonne mine. Il faut croire qu'elle avait un grand besoin de M. Goefle; car, en dépit du nom roturier que
s'attribuait Cristiano, elle lui fit aussi bon accueil
que s'il eût appartenu à une des grandes familles du
pays. Puis, M. Stangstadius ayant affirmé qu'il était
un garçon de mérite :

— Je suis charmée de faire connaissance avec
vous, lui dit-elle, et j'en veux à M. Goefle de ne s'ê-
tre jamais vanté devant moi d'un neveu qui lui fait
honneur. Vous vous occupez donc de science, comme
notre illustre ami Stangstadius? C'est fort bien vu.
C'est une des belles carrières que peut choisir un
jeune homme. Par la science, on arrive même à la
plus agréable position qu'il y ait dans le monde,
c'est-à-dire à une considération que l'on n'est pas
forcé d'acheter par des sacrifices.

— Je vois, reprit Cristiano, qu'il en est ainsi en
Suède, soit dit à la louange de ce noble pays; mais
en Italie, où j'ai été élevé, et même en France, où

j'ai demeuré quelque temps, les savants sont généralement pauvres et faiblement encouragés, quand ils ne sont pas persécutés par le fanatisme religieux.

Cette réponse transporta de joie le géologue, qui avait un grand amour-propre national, et plut infiniment à la comtesse, qui dédaignait la France.

— Vous avez bien raison, dit-elle, et je ne comprends pas votre oncle de vous avoir fait élever ailleurs que dans votre pays, où le sort des étudiants est si honorable et si heureux.

— Il tenait, répondit à tout hasard Cristiano, à ce que je pusse parler les langues étrangères avec facilité ; mais, en cela, je pense qu'il n'était pas besoin de m'envoyer si loin, car je me suis aperçu qu'ici on parlait français comme en France.

— Ceci est une politesse dont nous vous remercions, dit la comtesse ; mais vous nous flattez. Nous ne le parlons probablement pas aussi bien que vous. Quant à l'italien, nous le parlons encore moins bien, quoiqu'il entre dans notre éducation, pour peu qu'elle ait été soignée. Vous le parlerez avec ma nièce, et, si elle l'estropie, moquez-vous d'elle, je vous prie ; mais d'où vient que M. Goefle tenait tant aux langues vivantes ? Est-ce qu'il vous destine à la carrière diplomatique ?

— Peut-être, madame la comtesse ; je ne sais pas encore bien ses intentions.

— Fi ! pouah ! s'écria le géologue.

— Doucement, cher savant, reprit la comtesse. Il y a beaucoup à faire aussi de ce côté-là. Toutes les carrières sont belles quand on sait y marcher.

— Si madame la comtesse daignait me conseiller, reprit Cristiano, je m'estimerais très-heureux de lui devoir une bonne inspiration !

— Eh bien, je ne demande pas mieux, répondit-elle en affectant une aimable bonhomie ; nous causerons ensemble, et je m'intéresserai à vous, d'autant plus que vous avez tout ce qu'il faut pour réussir dans le monde. Suivez-nous donc à la salle de danse. Je voudrais absolument décider ma nièce à danser au moins un menuet ; ce n'est pas fatigant, et son refus paraîtrait fort maussade. Vous entendez, Marguerite ! Il faut faire comme tout le monde.

— Mais, ma tante, dit Marguerite, tout le monde n'a pas mal au pied !

— Dans le monde, ma chère enfant, reprit la comtesse, — et je dis cela aussi pour vous, monsieur Goefle, — il faut n'avoir jamais d'empêchement quand il s'agit d'être agréable ou convenable. Retenez bien ceci, qu'on ne manque jamais sa destinée que par sa propre faute. Il faut avoir une volonté de

fer, surmonter le froid et le chaud, la soif et la faim,
les grandes souffrances aussi bien que les petits bo-
bos. Le monde n'est pas, comme se l'imagine la jeunesse, un palais de fées où l'on vit pour son plaisir.
C'est, tout au contraire, un lieu d'épreuves où tous
les besoins, tous les désirs, toutes les répugnances
doivent être surmontés avec un véritable stoïcisme...
quand on a un but! et quiconque n'a pas de but
n'est qu'un sot personnage. Demandez à *votre amoureux,* Marguerite, s'il pense à ses petites aises, et s'il
craint de se faire du mal quand il descend dans un
gouffre pour y chercher ce qui est le but de sa vie!
Eh bien, sous les voûtes des palais aussi bien que
dans les cavernes des mines, il y a des horreurs à
braver. Celle de danser avec une petite douleur à la
cheville est bien peu de chose auprès de tant d'autres que vous connaîtrez plus tard. Allons, levez-
vous, et venez!

Marguerite adressa involontairement à Cristiano
un regard douloureux, comme pour lui dire :

— Vous voyez, je ne serai jamais la plus forte!

— Offrirai-je mon bras à la comtesse Marguerite?
dit Cristiano à l'impérieuse tante; elle boite en
effet...

— Non, non, ce n'est qu'un caprice! Vous verrez
qu'elle ne voudra pas boiter, vu que c'est très-dis-

gracieux. Marguerite, donnez le bras à M. Stangstadius, et passez devant nous, pour qu'on voie lequel
de vous boitera le plus bas.

— Boiter, moi? s'écria le savant. Je ne boite que
quand je n'y songe pas ! Quand je veux, je vais dix
fois plus vite et plus droit que les meilleurs piétons.
Ah ! je voudrais bien que vous me vissiez dans les
montagnes, lorsqu'il s'agit de prouver aux guides
paresseux que l'on peut tout ce qu'on veut !

En parlant ainsi, M. Stangstadius se mit à marcher
rapidement, mais en imprimant à la partie dislo-
quée de son corps un si violent mouvement de bas
en haut, que la pauvre Marguerite, entraînée par lui,
avait peine à toucher le parquet.

— Donnez-moi le bras, à moi, dit la comtesse Elfride à Cristiano ; non que j'aie besoin d'être escor-
tée ou soutenue, mais parce que je veux vous
parler.

Et, tout en marchant vite et parlant de même, elle
ajouta :

— Votre oncle a dû vous dire que je voulais marier ma nièce avec le baron de Waldemora?

— Il est vrai, madame, il me l'a dit... ce soir.

— Ce soir? Il est donc arrivé? Je ne le savais pas
ici !

— Il n'a sans doute pu trouver de place au château, et il a pris gîte au Stollborg.

— Quoi! dans ce repaire d'esprits malins? Eh
bien, il sera en bonne compagnie; mais ne viendra-
t-il pas au bal?

— J'espère que non! répondit étourdiment Cristiano.

— Vous espérez que non?

— A cause de sa goutte, qui demande du repos.

— Ah! vraiment il a la goutte? Ce doit être un
grand ennui pour lui, qui est si ingambe et si actif! Il ne l'avait jamais eue, et croyait ne l'avoir jamais!

— C'est tout récent, une attaque ces jours-ci. Il
m'a envoyé ici à sa place, en me recommandant de
vous présenter ses devoirs, et de recevoir vos ordres
pour les lui transmettre demain à son réveil.

— Ah! fort bien. Vous lui direz alors ce que j'allais vous dire. C'est une chose dont je ne fais pas
mystère. J'ai remarqué que, quand on affichait hautement un projet, il était déjà à moitié accompli.
Donc, je veux marier ma nièce avec le baron. Vous
me direz qu'il n'est pas jeune : raison de plus pour
qu'il veuille se dépêcher de frustrer une douzaine
d'insupportables héritiers qui lui font la cour en pure
perte. Tenez, en voici deux qui passent : l'un est le

comte de Nora, un bonhomme inoffensif, l'autre le
baron de Lindenwald, un homme d'esprit très-intri-
gant, ambitieux, et pauvre comme toute notre noblesse d'aujourd'hui. Le baron Olaüs, n'ayant pas de
frères, est une heureuse exception; mais je peux
vous dire, à vous et à votre oncle, qu'il est un peu
décidé pour ma nièce, et ma nièce pas du tout pour
lui. Ceci ne me décourage nullement; ma nièce est
un enfant, et cédera. Ma volonté étant connue ici,
personne n'osera lui faire la cour; je me charge
d'elle. C'est à votre oncle de décider le baron, et
cela est très-facile.

— Si madame la comtesse daigne me donner ses
instructions...

— Les voici en deux mots : ma nièce aime le
baron.

— En vérité?

— Quoi! vous ne comprenez pas? Un apprenti diplomate!

— Ah! si fait; pardon, madame... La comtesse
Marguerite est censée aimer M. le baron, bien qu'elle
le déteste, et...

— Et il faut que le baron se croie aimé.

— Donc, c'est à M. Goefle qu'il appartient de lui
faire cette histoire?

— A lui seul. Le baron est fort méfiant. Je le con-

nais de longue date; je ne le persuaderais pas. Il me
suppose des vues intéressées.

— Que vous n'avez pas, dit Cristiano en souriant.

— Que j'ai!... pour ma nièce. N'est-ce pas mon
devoir envers elle?

— Assurément; mais M. Goefle se prêtera-t-il à...
cette petite exagération?

— Un avocat se ferait scrupule d'orner un peu la
vérité? Allons donc! quand il s'agit de gagner une
cause, votre cher oncle en dit bien d'autres!

—Sans doute; mais le baron croira-t-il...?

— Le baron croira tout de M. Goefle. C'est, selon
lui, le seul homme sincère qui existe.

— M. le baron prétend donc être aimé pour lui-
même?

— Oui, il a ce travers.

— S'il aime la comtesse Marguerite, il se fera aisément illusion!...

— Aimer! Est-ce qu'on aime à son âge? Il est
bien question de cela! C'est un homme grave qui ne
songe au mariage que pour avoir un héritier, son
fils étant mort il y a deux ans. Il veut une femme
jolie et bien née, et ne lui demandera que de ne pas
le rendre ridicule. Or, avec ma nièce, il ne risque
rien. Elle a des principes; contente ou non de son

sort, elle se respectera. Voilà ce que vous pouvez
dire à votre oncle pour le décider. Ajoutez-y la pro-
messe de ma reconnaissance, qui a son prix, il le
sait bien. Je suis placée pour payer un léger service
par un service important, et, pour commencer, que
désire-t-il pour vous? que désirez-vous vous-même?
Voulez-vous être attaché d'emblée, et sur un bon
pied, à l'ambassade de Russie? Je n'ai qu'un mot à
dire. L'ambassadeur est ici.

— Dieu me préserve!... s'écria Cristiano, qui dé-
testait la Russie.

Mais il se reprit, ne voulant pas encore se mettre
mal avec la comtesse, et acheva ainsi sa phrase :

— Dieu me préserve d'oublier jamais vos bontés !
Je ferai tout pour m'en rendre digne.

— Eh bien, commencez tout de suite.

— Faut-il que j'aille au Stollborg réveiller mon
oncle?

— Non; approchez-vous de ma nièce de temps en
temps durant le bal, et renouez la conversation avec
elle. Vous profiterez de cela pour lui faire l'éloge du
baron.

— Mais c'est que je ne le connais pas.

— Vous l'avez vu, cela suffit; vous parlerez comme
si vous aviez été frappé de son grand air et de sa
noble figure.

— Je ne demanderais pas mieux, si je l'avais vu;
mais...

— Ah! vous ne l'avez pas encore salué? Venez,
je me charge de vous présenter à lui... Mais non,
ce n'est pas cela. Vous allez demander à Marguerite
de vous le montrer, et aussitôt vous vous récrierez
sur la beauté des traits du personnage. Ce sera naïf,
spontané, et vaudra beaucoup mieux qu'un éloge
préparé.

— Comment mon opinion, à supposer qu'elle fût
sincère, aurait-elle la moindre influence sur l'esprit
de votre nièce?

— En Suède, quiconque a voyagé vaut deux, et
même trois. Et puis vous ne savez donc pas que les
jeunes filles ne s'y connaissent pas du tout, qu'elles
sont guidées dans leur choix par l'amour-propre et
non par la sympathie, de sorte que l'homme qu'elles
se mettent à admirer le plus est toujours celui qui
est le plus admiré des autres? Tenez, voilà ma nièce
assise au milieu d'autres jeunes personnes qui certainement voudraient bien pouvoir prétendre au baron! C'est très-bon, qu'elle soit là. Je l'y laisserai;
mêlez-vous à leur caquet, et, pour que vous puissiez
faire ce que vous m'avez promis, moi, je prendrai le
bras du baron, et je passerai avec lui en vue de ce
grave cénacle. Profitez du moment.

— Mais, si le baron me remarque par hasard, il demandera quel est ce butor qui ne s'est pas fait présenter à lui, et qui a eu la gaucherie de ne pas savoir se présenter lui-même?

— Ne craignez rien, je me charge de tout. D'ailleurs, le baron ne vous verra pas. Il a la vue très-basse, et ne reconnaît les gens qu'à la voix. A la chasse, il porte des besicles, et vise très-juste; mais, dans le monde, il a la coquetterie de s'en priver. C'est convenu, allez!

Un instant après, Cristiano était mêlé aux groupes de belles demoiselles qui se reposaient dans l'intervalle d'une danse à l'autre. Il s'y introduisit en adressant à mademoiselle Potin, qui se tenait au dernier rang, quelques politesses auxquelles la pauvre fille fut très-sensible. Marguerite le vit avec plaisir se joindre au cercle de jeunes gens qui entourait les chaises de ses compagnes, et en un instant celles-ci surent d'elle qu'il était « un jeune homme de grand mérite, neveu du célèbre avocat Goefle, l'ami intime de sa tante. » Quelques-unes pincèrent les lèvres et trouvèrent mauvais qu'un roturier osât venir leur faire sa cour avec les jeunes officiers de l'*indelta* *,

---

* Armée permanente domiciliée à vie dans chaque localité, et dont l'organisation est particulière à la Suède.

qui étaient généralement de bonne famille; mais la plupart l'accueillirent fort bien et le trouvèrent charmant.

Le fait est que, comme beaucoup d'aventuriers de cette époque féconde en aventures, Cristiano était charmant. Par une particularité de type, dont il ne se rendait pas compte, il avait le genre de beauté qui devait plaire dans le pays. Il était grand, bien fait, blanc et frais de carnation, avec des yeux d'un bleu sombre, des sourcils bien marqués, d'un noir d'ébène, de même que les longs cils recourbés et la chevelure magnifique. Personne ne douta qu'il ne fût de pure race dalécarlienne, race tranchée et très-différente des autres types scandinaves. Il avait, en outre, quelque chose de particulier qui attirait l'attention : c'était une façon d'être étrangère au pays, une suavité de langage et de manières qui sentait la fréquentation d'un monde plus civilisé ou plus artiste, et comme un parfum d'Italie et de France attaché à sa personne. Dès qu'on le sut élevé en Italie, on l'accabla de questions, et toutes ses réponses marquèrent tant de bons sens, de franchise et de gaieté, qu'au bout d'un quart d'heure de babil toutes ces jeunes têtes raffolaient de lui. Sans être fat, Cristiano n'en fut pas surpris. Il avait été, en d'autres temps, habitué à plaire, et, en voulant, à tout prix, se redonner une soirée d'homme du monde, il savait bien qu'à moins d'un coup de théâtre qui compromettrait gravement son succès, il se tirerait de son rôle mieux que la plupart des gens titrés ou gradés qui se trouvaient là.

Cependant la petite comtesse Elfride, accrochée ou plutôt suspendue au bras du monumental baron Olaüs, avait passé deux fois sans rencontrer les yeux de Cristiano. A la troisième, elle toussa très-fort, puis amena le baron jusqu'auprès de Marguerite, et Cristiano, qui comprit, s'arracha à l'enivrement de la conservation pour s'effacer et observer le personnage sans attirer son attention.

Le baron Olaüs était très-grand, très-gros et très-beau en dépit de l'âge, mais d'une physionomie réellement effrayante par sa blancheur mate et sa sinistre impassibilité. Son regard fixe tombait sur vous comme ces coups de vent glacé qui ôtent la respiration, et sa bouche avait un sourire morne, d'un dédain et d'une tristesse extraordinaires. Sa voix, sans inflexion, était d'une sécheresse désagréable, et, dès qu'il l'entendit s'adresser à Marguerite, Cristiano reconnut celle du personnage qui, une heure auparavant, faisait si bon marché de la Suède dans ses épanchements avec un diplomate russe. Il le reconnut aussi à sa haute taille et à son habillement riche et

I. 8

sombre, qu'il avait remarqués en l'écoutant faire à l'ennemi les honneurs de sa patrie.

— Décidément, mademoiselle, dit le fâcheux baron à Marguerite, vous ne voulez pas danser? Vous souffrez beaucoup?

La comtesse Elfride ne donna pas à Marguerite le temps de répondre.

— Oh! ce n'est rien du tout, dit-elle; Marguerite dansera tout à l'heure.

Et elle emmena le baron en lançant à Cristiano un nouveau regard passablement impérieux. Or, voici comment Cristiano se conforma à ses injonctions.

— Est-ce donc là le baron Olaüs de Waldemora? dit-il à Marguerite en se rapprochent d'elle et de mademoiselle Potin, qui s'était serrée contre la jeune fille à l'approche du châtelain.

— C'est lui, répondit Marguerite avec un sourire amer. Comment le trouvez-vous?

— C'est un homme qui a pu être très-beau il y a une trentaine d'années.

— Au moins! reprit Marguerite avec un soupir. Sa figure vous plaît?

— Oui. J'aime les faces réjouies! La sienne est d'une gaieté...

— Effroyable, n'est-ce pas?

— Que disiez-vous donc à mon oncle? reprit Cristiano en s'asseyant derrière son fauteuil et en baissant la voix; il a tué sa belle-sœur?

— On le croit.

— Moi, j'en suis sûr!

— Ah! parce que...?

— Parce qu'il l'aura regardée!

— Oh! n'est-ce pas que son regard est celui d'un phoque?

— Vous exagérez un peu, dit mademoiselle Potin, qui avait sans doute été terrifiée de son côté par quelque muette menace de la comtesse Elfride : il a l'œil fixe des gens qui ne voient pas.

— Eh! justement, dit Cristiano; la mort est aveugle... Mais qui donc a surnommé le baron *l'homme de neige*? Le nom lui convient : il personnifie pour moi l'hiver du Spitzberg. Il m'a donné le frisson.

— Et avez-vous remarqué son tic? dit Marguerite.

— Il a porté la main à son front comme pour en essuyer la sueur; est-ce cela?

— Précisément.

— Il veut peut-être faire croire qu'il sue, l'homme de neige; mais c'est tout simplement qu'il fond,

— Vous voyez bien que j'ai raison d'en avoir peur.
Et son diamant noir, y avez-vous fait attention?

— Oui, j'ai remarqué le *hideux* diamant noir,
comme il essuyait son front avec sa main décharnée;
car elle est décharnée, sa main, par contraste avec
son gros ventre et sa face bouffie.

— De qui parlez-vous donc comme cela? dit une
jeune Russe qui s'était levée pour étaler sa robe sur
son panier. Est-ce du baron de Waldemora?

— J'étais en train de dire, répondit Cristiano sans
se déconcerter, que cet homme-là n'avait pas trois
mois à vivre.

— Oh! alors, s'écria la Russe en riant, il faut vous
hâter de l'épouser, Marguerite!

— Gardez le conseil pour vous-même, Olga, répondit la jeune comtesse.

— Hélas! je n'ai pas, comme vous, une tante à qui
rien ne résiste! Mais à quoi voyez-vous, monsieur
Goefle, que le baron soit si malade?

— A son embonpoint mal réparti, au blanc jaune
de son œil vitreux, aux ailes pincées de son nez en
bec d'aile, et surtout à quelque chose d'indéfinis-
sable que j'ai éprouvé en le regardant.

— Vraiment? Êtes-vous doué de la seconde vue,
comme les habitants du nord de ce pays?

— Je n'en sais rien. Je ne me crois pas sorcier;

mais je crois très-fort qu'il est des organisations plus
ou moins sensibles à certaines influences mystérieuses, et je vous réponds que le baron de Waldemora n'en a pas pour longtemps.

— Moi, dit Marguerite, je crois qu'il est déjà
mort depuis longtemps, et qu'il réussit, grâce à
quelque secret diabolique, à se faire passer pour
vivant.

— C'est vrai, qu'il a l'air d'un spectre, reprit
Olga ; n'importe, je le trouve beau en dépit de ses
années, et il y a en lui un pouvoir fascinateur. Toute
la nuit dernière, je l'ai vu en rêve. J'avais peur, et
je me plaisais à avoir peur. Expliquez-moi cela.

— C'est bien simple, répondit Marguerite ; le baron est grand alchimiste ; il sait faire des diamatns !
Or, vous nous disiez ce matin que, pour des diamants, vous feriez un pacte avec le diable.

— Vous êtes méchante, Marguerite. Si je disais à
quelqu'un qui pût le redire au baron la manière
dont vous l'arrangez, vous en seriez très-contrariée,
je parie !

— Croyez-vous cela, monsieur Goefle ? dit Marguerite à Cristiano.

— Non, répondit-il. Quel besoin les anges ont-ils
de diamants ? N'ont-ils pas les étoiles ?

I.   8.

— Marguerite rougit, et, s'adressant à la jeune
Russe :

— Ma chère Olga, lui dit-elle, je vous supplie de
dire vous-même au baron que je ne peux pas le
souffrir. Vous me rendrez un grand service... Et tenez, la preuve !... Voilà ce bracelet qui vous fait tant
d'envie !... Brouillez-moi avec le baron, et je m'en-
gage à vous le donner.

— Oh ! oui-da ! que dirait votre tante ?

— Je lui dirai que je l'ai perdu, et vous ne le por-
terez pas ici, voilà tout. Tenez, tenez, le baron re-
vient vers nous ; c'est pour m'inviter. On recom-
mence le menuet. Je vais refuser. Ma tante est là-
bas, absorbée dans une conversation politique avec
l'ambassadeur de Russie. Soyez tout près de moi, il
faudra bien que le baron vous invite.

En effet, le baron venait avec une grâce sépul-
crale renouveler son invitation. Marguerite trembla
de tous ses membres lorsqu'il avança la main pour
qu'elle y mit la sienne en disant :

— La comtesse Elvéda m'a dit que, maintenant,
vous désiriez danser, et je fais recommencer le menuet pour vous.

Marguerite se leva, fit un pas, et, se laissant retomber sur sa chaise :

— Je voudrais obéir à ma tante, dit-elle d'un ton

résolu ; mais vous voyez, monsieur le baron, que je ne le puis, et je ne pense pas que vous ayez l'intention de me soumettre à la torture.

Le baron fit un mouvement de surprise. C'était un homme intelligent, fort bien élevé et méfiant à l'excès. La comtesse ne l'avait pas tellement trompé, qu'il ne fût prêt à voir clair au moindre indice, et l'aversion de Marguerite était si manifeste, qu'il se le tint pour dit. Son sourire prit une expression de profond dédain, et il répondit avec une gracieuse ironie :

— Vous êtes mille fois trop bonne pour moi, mademoiselle, et je vous prie de croire que j'en suis profondément touché !

Et, s'adressant aussitôt à Olga, il l'invita et l'emmena par la main, tandis que Marguerite glissait dans l'autre main de la jeune ambitieuse son riche bracelet rapidement détaché.

— Monsieur Gœfle, dit-elle vivement à Cristiano d'une voix tremblante, vous m'avez porté bonheur, je suis sauvée !

— Et pourtant vous êtes pâle, lui dit Cristiano, vous tremblez.

— Que voulez-vous ! j'ai eu peur, et, à présent, je songe à la colère de ma tante, et j'ai peur encore !... Mais c'est égal, je suis délivrée du baron ! Il se ven-

gera de moi, il me fera peut-être mourir ; mais je ne
serai pas sa femme, je ne porterai pas son nom, je ne
toucherai pas sa main ensanglantée !

— Taisez-vous, au nom du ciel, taisez-vous ! dit
mademoiselle Potin, aussi pâle, aussi effrayée qu'elle.
On pourrait vous entendre ! Vous avez été brave, et je
vous en félicite ; mais, au fond, vous êtes peureuse,
et vous voilà exaltée à vous rendre malade. Mon Dieu !
n'allez pas vous évanouir, chère enfant ! Respirez
votre flacon !

— Ne crains rien, ma bonne amie, répondit Marguerite, me voilà remise. Est-ce que l'on s'est aperçu
de tout cela autour de nous ? Je n'ose encore regarder personne.

— Non, Dieu merci, la ritournelle à grand fracas
de l'orchestre a couvert les paroles, et toutes ces demoiselles se sont levées pour la danse. Vous voilà à
peu près seule dans ce coin. N'y restez pas en vue.
Évitons surtout que votre tante ne vienne vous faire
une scène dans l'état où vous êtes. Sortons ; allons
dans votre appartement. Donnez-moi le bras.

— Ne vous reverrai-je donc plus ? dit Cristiano
avec une émotion qu'il ne put maîtriser.

— Si fait, répondit Marguerite, je veux encore
vous parler : dans une heure, vous nous retrouve-
rez...

— Où vous retrouverai-je? Dites !

— Je ne sais... Eh bien, tenez, au buffet!

Tandis que Marguerite s'éloignait, Cristiano quittait le salon par une autre porte et s'orientait de son mieux vers le lieu du rendez-vous, afin de n'être pas retardé par une vaine recherche quand le moment serait venu. D'ailleurs, le mot de buffet avait réveillé en lui une sensation qui, en dépit de l'intérêt attaché par lui à son aventure, le torturait depuis son entrée au bal.

— S'il n'y a là personne, se disait-il, je vais faire une terrible brèche aux victuailles de monseigneur.

Pendant qu'il se dirige vers ce sanctuaire, sachons ce qui se passe au salon.

IV

Certes, le baron n'aimait pas la danse, et sa corpu-
lence ne se prêtait guère aux entrechats : toutefois
on avait, dans ce temps-là, des *danses nobles,* auxquelles se mêlaient, par savoir-vivre, les personnes
les plus graves. Le baron, veuf depuis longtemps,
n'avait guère donné de fêtes tant que son futur héritier avait vécu ; mais, voyant son nom destiné à périr avec lui, ses titres et ses richesses menacés de
passer à une autre branche de la famille qu'il haïssait, il avait fermement résolu de se remarier au plus
vite, et de choisir, non une compagne aimable, dont
il n'éprouvait pas le besoin moral, mais une fille
fraîche et jeune, capable de lui donner des enfants.
En conséquence, il avait remis son manoir sur un
pied de luxe et convoqué le beau sexe de sa province,
aux seules fins de poser sa couronne baroniale sur la

tête la plus réjouissante qui se présenterait de bonne grâce pour la recevoir.

La comtesse Elfride avait cru l'emporter. Ses plans étaient déjoués, le vieux épouseur ouvrait les yeux... Il se sentit ridicule, et jura de se venger de la tante aussi bien que de la nièce ; mais à ce serment, rapidement formulé en lui-même, il joignit la résolution de n'être pas joué deux fois, et de faire seul ses affaires en s'adressant à la première fille bien née qui le verrait d'un bon œil. Cette fille, c'était Olga ; il n'en put douter lorsqu'elle lui raconta tout bas comme quoi Marguerite lui avait cédé ses droits et prétentions sur son cœur. Elle fit ce caquet avec une grande candeur d'effronterie, et en ayant l'air de plaisanter comme une enfant qu'elle était à beaucoup d'égards, mais en femme que l'ambition dévorait déjà et inspirait à propos. Le baron, qui ne manquait pas d'esprit, soutint le badinage, et parut n'y attacher aucune importance ; mais, quand la danse fut finie, au lieu de ramener Olga à sa place, il lui offrit le bras pour la conduire dans la galerie, dont la vaste étendue permettait les apartés, et, là, il lui dit froidement, en prenant sa main brûlante dans ses mains glacées :

— Olga, vous êtes jeune et belle ; mais vous êtes pauvre, et de trop bonne famille pour épouser un joli garçon sans naissance. Il ne tient qu'à vous que

votre badinage n'en soit pas un. Je vous offre mon
nom et un sort brillant. Répondez sérieusement et
tout de suite, ou de ce que nous disons là il ne sera
plus jamais question.

Olga était, en effet, jeune, belle, pauvre, vaine et
avide. Elle saisit l'occasion aux cheveux et accepta
sans hésiter.

— C'est bien, je vous remercie, lui dit Olaüs en lui
baisant la main. Permettez-moi de ne pas ajouter un
mot. Je serais ridicule si je vous parlais d'amour. Cela
vous ferait penser que je peux me croire aimé. Nous
nous marions, voilà qui est convenu, et nous avons de
fortes raisons pour nous y décider l'un et l'autre, voilà
qui est certain. Maintenant, si vous tenez à ce que ce
mariage se fasse, je vous demande un secret absolu
pendant quelques jours, et surtout vis-à-vis de la
comtesse Marguerite et de sa tante. Pouvez-vous me
le promettre? Songez qu'une indiscrétion romprait
entre nous.

Olga avait trop d'intérêt à se taire pour ne pas promettre sincèrement. Le baron la ramena au grand
salon.

Leur disparition avait été si courte que, si elle fut
remarquée, elle ne put tirer à conséquence. La comtesse d'Elvéda s'en émut pourtant, et vint savoir ce
que sa nièce était devenue.

— Ne vous en inquiétez pas, lui dit Olga, elle était
ici tout à l'heure.

— Elle se cache, elle s'obstine à ne pas danser !

— Nullement, dit le baron; elle s'était résignée.
C'est moi qui n'ai pas voulu abuser de son obligeance.

Et, offrant le bras à la comtesse, il s'éloigna avec
elle pour lui dire qu'il n'entendait pas être aimé par
contrainte, qu'il était assez grand garçon pour faire
sa cour lui-même, et qu'il la priait de ne plus se
mêler de rien, si elle ne voulait lui faire perdre
toute espérance et même toute volonté de mariage.

La comtesse se consola de la mercuriale, car c'é-
tait la première fois que le baron paraissait décidé
à rechercher sa nièce. Tout intrigante et perfide
qu'elle était, elle fut la dupe du baron, qui ne son-
geait plus qu'à la jouer comme elle s'était jouée
de lui.

— J'admire, se disait Cristiano en se dirigeant
vers le buffet, comme ces personnes de haute intrigue, qui se croient maîtresses des destinées du
vulgaire, sont niaises dans leur malice et faciles à
duper ! Il doit en être ainsi quand on a pour point de
départ, dans une telle vie, le mépris absolu de l'espèce humaine. On ne peut pas mépriser les autres

I.   9

sans se mépriser soi-même, et qui ne s'estime pas
dans son œuvre est frappé d'impuissance. Était-elle
superbe et comique, cette tante qui me disait tranquillement : « J'ai une nièce à immoler; aidez-moi
vite, vous serez payé : vous aurez une place de premier valet dans une bonne maison ! »

Mais Cristiano fit trève à ses réflexions philosophi-
ques en entrant dans la salle qu'il cherchait, et qu'il
reconnut à une odeur de venaison vraiment délicieuse. C'était une jolie rotonde, où de petites tables
volantes étaient destinées, en attendant l'heure du
grand souper général, à satisfaire les appétits impatients. Comme, à neuf heures, tout le monde avait
grandement fait honneur à la table du baron, la
salle était vide, à l'exception d'un laquais profondément endormi que Cristiano se garda bien d'éveiller,
dans la crainte de passer pour glouton et mal-appris.
Il s'empara, sans chercher et sans choisir, d'une ga-
lantine apprêtée à la française; mais, comme il y en-
fonçait le couteau à manche de vermeil, la porte
s'ouvrit avec fracas, le laquais, éveillé en sursaut, se
trouva sur ses pieds, comme mû par un ressort, et
M. Stangstadius entra, faisant trembler les cristaux
et les porcelaines par l'ébranlement qu'imprimait au
parquet sa démarche inégale et violente.

— Eh! parbleu! s'écria-t-il en voyant Cristiano, je

suis content de vous trouver là, vous! Je n'aime pas
à manger seul, et nous causerons de choses sérieuses
en satisfaisant la volonté aveugle de notre pauvre
machine humaine... Bah! vous voulez manger debout? Oh! que non, c'est très-défavorable à la digestion, et on ne sent pas le goût de ce qu'on mange...
Karl, ouvre-nous cette table, la plus grande... Bien!
Et sers-nous du meilleur... Du jambon, des hors-
d'œuvre? Non, pas encore! Quelque chose de sub-
stantiel, quelques bonnes tranches d'aloyau; après
quoi, tu nous choisiras la noix de ton jambon
d'ours... Est-ce un jambon de Norvége au moins? Ce
sont les mieux fumés... Et du vin, Karl, à quoi son-
ges-tu? Du madère, du bordeaux, et tu y ajouteras
quelques bouteilles de champagne pour ce jeune
homme, qui doit en être friand... C'est bien, Karl,
en voilà assez, mon garçon; mais ne t'éloigne pas, il
nous faudra du dessert tout à l'heure.

En commandant de la sorte, M. Stangstadius s'installa le dos au poêle, et se mit à boire et à manger
d'une si mirifique manière, que Cristiano, mettant
toute honte de côté, se mit à dévorer de toute la
puissance de ses trente-deux dents. Quant au savant,
qui n'en avait plus qu'une douzaine, il savait si bien
s'en servir, qu'il ne demeura pas en arrière, mais
sans cesser de parler et de gesticuler avec une singu-

lière énergie. Cristiano, étonné, le comparait intérieurement à un monstre fantastique, moitié croco-
dile et moitié singe, et il se demandait où était le
siége de cette vitalité effrayante dans un corps dislo-
qué, d'une apparence chétive, surmonté d'une tête
pointue, aux yeux divergents et à la mobilité in-
sensée.

La conversation du géologue l'aida à résoudre ce
problème. Le digne homme n'avait jamais aimé personne, pas même un chien. Toutes choses lui étaient
indifférentes en dehors du cercle d'idées où il vivait
pour ainsi dire de lui-même, se plaisant, s'admirant,
se cajolant, et se nourrissant du parfum de sa propre
louange à défaut d'autre chose.

— Voyez-vous, mon cher, disait-il en réponse aux
félicitations de Cristiano sur sa magnifique santé, je
suis un être que Dieu a fait et ne recommencera pas.
Non, je vous jure, il ne le pourra pas ! Je n'ai rien
des misères des autres hommes. D'abord, je n'ai jamais connu la grossière et misérable infirmité de
l'amour. Je n'ai jamais perdu une minute de ma vie
à m'oublier moi-même pour une de ces gentilles
poupées dont vous faites des idoles. Une femme de
soixante et dix ans ou de dix-huit, c'est absolument
la même chose. Quand j'ai faim, si je suis dans une
cabane, je mange tout ce que je trouve, et, si je ne

trouve rien, je pense à mes ouvrages, et j'attends sans souffrir. A une bonne table, je mange de tout, et tant qu'il y en a, sans être jamais incommodé. Je ne sens ni chaud ni froid; ma tête brûle toujours, mais d'un feu sublime qui n'use pas la machine, et qui tout au contraire la soutient et la renouvelle. Je ne connais pas la haine ou l'envie; je sais très-bien que personne n'en sait plus que moi, et, quant à ceux qui me jalousent (le nombre en est grand), je les écrase comme des vers de terre, et ils ne se relèvent jamais de ma critique. Bref, je suis de fer, d'or et de diamant, et je défie les entrailles du globe de recéler une matière plus dure et plus précieuse que celle dont je suis fait.

A cette déclaration si nette et si franche, Cristiano ne put se défendre d'un fou rire qui ne déconcerta et ne fâcha en rien le chevalier de l'Étoile polaire. Tout au contraire, il prit cette hilarité pour un joyeux hommage rendu à sa supériorité universelle, et Cristiano vit bien qu'il avait affaire à une sorte d'exaltation très-singulière, et qu'il eût pu définir ainsi : la folie par excès de positivisme. Il eût été bien inutile de l'interroger sur les personnes qui intéressaient Cristiano. M. Stangstadius daigna seulement dire que le baron de Waldemora avait quelques velléités de science, mais qu'au fond c'était un crétin. Quant

à Marguerite, il la trouvait stupide d'hésiter à s'enrichir par un mariage quelconque. Il l'épargnait cependant un peu, et avouait qu'elle lui semblait plus
aimable que les autres, parce qu'elle était éprise de
lui, preuve de bon sens, mais dont il n'avait que
faire, vu que la science était sa femme et sa maîtresse en même temps.

— En vérité, monsieur le professeur, lui dit Cristiano, vous me semblez un homme admirablement
complet dans votre merveilleuse logique.

— Ah ! je vous en réponds, reprit M. Stangstadius.
Je suis un autre gaillard que votre baron Olaüs,
dont les sots admirent la force et le sang-froid !

— *Mon* baron? Je vous jure que je ne veux rien de
lui.

— Moi, je n'en dis ni mal ni bien, répliqua le professeur. Tous les hommes sont plus ou moins de
pauvres sires; mais celui-là n'a-t-il pas la prétention
d'être un esprit fort et de n'avoir jamais rien aimé?

— Aurait-il réellement aimé quelqu'un? Sa physionomie serait bien trompeuse.

— Je ne sais s'il a aimé sa femme pendant qu'elle
était en vie. C'était une méchante diablesse.

— C'était peut-être de l'*admiration* qu'il avait pour
elle?

— Qui sait? Elle le menait comme elle voulait.

Tant il y a qu'après sa mort, il ne pouvait plus se passer d'elle, et qu'il vint alors me trouver pour que j'eusse à calciner et à cristalliser madame la baronne.

— Ah! ah! le fameux diamant noir est votre ouvrage?

— Vous l'avez donc vu? N'est-ce pas que c'est un joli résultat? Le lapidaire qui l'a taillé a donné sa langue aux chiens, ne pouvant deviner si c'était un produit de la nature ou de l'art. Il faut que je vous raconte de quelle façon j'ai opéré, et comment j'ai obtenu la transparence. J'ai pris *mon corps*, je l'ai enveloppé d'une nappe d'amiante à la manière des anciens, et je l'ai placé sur un brasier très-ardent, composé de bois, de houille et de bitume, le tout arrosé d'huile de naphte. Quand *mon corps* a été bien réduit...

Cristiano, condamné à subir le récit de la réduction et de la vitrification de madame la baronne, prit le parti de manger vite sans entendre; mais il était rassasié avant que le professeur eût terminé sa démonstration. C'était une grave contrariété pour Cristiano, qui eût bien voulu se trouver seul avec Marguerite et sa gouvernante. La contrariété devint plus vive lorsqu'un flot de jeunes officiers de l'*indelta* envahit la salle.

Ces estomacs septentrionaux ne se contentaient nullement des rafraîchissements et friandises promenés dans le bal. Ils venaient se réchauffer avec les bons vins d'Espagne et de France, et Cristiano trouva enfin dans leur manière de les déguster un cachet particulier à ces hommes du Nord, qu'il n'avait pu constater jusque-là. Dès lors il remarqua en eux une certaine rudesse de manières et une gaieté plus lourde que celle dont il se sentait capable. Par compensation, la franchise et la cordialité de ces jeunes gens lui furent sympathiques. Tous lui firent fête et le forcèrent de boire avec eux jusqu'à ce que, se sentant un peu monté et craignant de se laisser aller à trop d'abandon, il s'arrêtât, admirant avec quelle aisance ces robustes enfants de la montagne engloutissaient les vins capiteux sans en paraître émus le moins du monde.

Aussitôt qu'il put se dégager de leurs amicales provocations, il alla se mettre près de la porte, afin de pouvoir sortir dès qu'il apercevrait Marguerite dans la galerie. Il pensait qu'en voyant cette salle pleine de jeunes gens en train de boire, elle ne voudrait pas entrer ; mais elle vint et entra quand même, et, au bout de quelques instants, d'autres jeunes personnes vinrent avec leurs cavaliers s'asseoir à d'autres tables, où ceux qui les occupaient s'empressè-

rent de leur faire place et de les servir. Alors la
gaieté devint bruyante et cordiale. On oublia de sin-
ger Versailles; on parla suédois, et même dalécarlien; on éleva la voix, et les demoiselles burent du
champagne sans faire la grimace, et même du chy-
pre et du porto sans craindre de déraisonner. Il y
avait là des frères, des fiancés et des cousins; on
était en famille, et les relations entre les sexes avaient
une liberté honnête, expansive, un peu vulgaire,
mais en somme touchante par sa chaste simplicité.

— Voilà de bonnes âmes, pensa Cristiano. Pourquoi diable ces gens-ci, quand ils s'observent, se
posent-ils en Russes ou en Français, quand ils ont
tout à gagner à être eux-mêmes?

Ce qui le charmait dans la petite comtesse Marguerite, c'est que précisément elle était *elle-même* en
toute circonstance. Certes, mademoiselle Potin l'a-
vait très-bien élevée en la conservant naturelle et
spontanée. Elle fut particulièrement agréable à Cristiano en refusant de boire du vin. Cristiano avait des
préjugés.

Pendant qu'on babillait et riait autour de Stangstadius, dont la table immobile et toujours copieuse-
ment servie était devenue le centre et le but de ta-
quineries qui ne déconcertaient nullement le personnage, Marguerite put raconter à Cristiano, sur un ton

I. 9.

de confidence qui ne lui déplut pas, comme on peut croire, que sa tante était toute changée à son égard, et qu'au lieu de la gronder, elle lui avait parlé avec douceur.

— Il faut, ajouta-t-elle, que le baron ne lui ait rien dit de mon algarade, ou que, la sachant, elle ait résolu de s'y prendre autrement pour m'amener à ses fins; tant il y a que je respire, que le baron ne s'occupe plus de moi, et que, si je dois être grondée demain par ma tante, ou renvoyée pour pénitence à ma solitude de Dalby, je veux me divertir cette nuit et oublier tous mes chagrins. Oui, je veux danser et sauter, car figurez-vous, monsieur Goefle, que c'est le premier bal de ma vie, et que je n'ai jamais dansé que dans ma chambre avec la bonne Potin. Aussi je meurs d'envie d'essayer mon petit savoir en public, en même temps que je meurs de peur d'être maladroite et de m'embrouiller dans les figures de la contredanse française. Il me faudrait trouver quelqu'un d'obligeant qui m'aidât à m'en tirer et qui eût l'œil sur moi, pour m'avertir charitablement et adroitement de mes gaucheries.

— Ce quelqu'un-là ne sera pas difficile à trouver, répondit Cristiano, et, si vous voulez vous fier à moi, je réponds que vous danserez comme si vous en étiez à votre centième bal.

— Eh bien, c'est convenu, j'accepte avec reconnaissance. Attendons jusqu'à minuit. Nous organiserons, avec ces messieurs et ces demoiselles qui sont ici, un petit bal à part, dans un bout de la galerie, et peut-être que ma tante, qui danse dans le grand salon avec les plus gros personnages du pays, ne s'apercevra pas de la prompte guérison de mon entorse.

Cristiano commençait à babiller pour son compte avec l'aimable fille, et, un peu exalté par le champagne, sa gaieté tournait insensiblement à la sentimentalité, lorsqu'un nom prononcé tout haut près de lui le fit tressaillir et se retourner vivement.

— Christian Waldo? disait un jeune officier à figure ouverte et enjouée ; qui l'a vu? où est-il?

— Oui, au fait! s'écria Cristiano en se levant, où est-il, Christian Waldo, et qui l'a vu?

— Personne, répliqua-t-on d'une autre table. Qui a jamais vu la figure de Christian Waldo, et qui la verra jamais?

— Vous ne l'avez pas vue, vous, monsieur Goefle? dit Marguerite à Cristiano ; vous ne le connaissez pas?

— Non! Qu'est-ce donc que ce Christian Waldo, et d'où vient que sa figure est impossible à voir?

— Mais vous avez entendu parler de lui? son nom vous a frappé?

— Oui, parce que déjà ce nom est venu à mes oreilles à Stockholm; mais je n'y ai pas fait grande attention, et je ne me rappelle plus...

— Voyons, major, dit un jeune lieutenant, puisque vous connaissez ce Waldo, expliquez-nous donc ce qu'il est et ce qu'il fait. Moi, je n'en sais rien encore.

— Le major Larrson sera bien habile s'il en vient à bout, dit Marguerite. Pour moi, j'ai déjà entendu dire ici tant de choses sur le compte de Christian Waldo, que je promets d'avance de ne pas croire un mot de ce que nous allons entendre.

— Pourtant, répondit le major, je suis tout prêt à jurer sur l'honneur que je ne dirai rien que je ne sache pertinemment. Christian Waldo est un comique italien qui va de ville en ville, réjouissant les populations par son esprit aimable et son intarissable gaieté; son spectacle consiste...

— Nous savons cela, dit Marguerite, et nous savons aussi qu'il donne ses représentations tantôt dans les salons, tantôt dans les tavernes, aujourd'hui au château, demain dans la hutte, prenant très-cher aux riches et jouant souvent gratis pour le peuple.

— Voilà un plaisant original , dit Cristiano, une espèce de saltimbanque !

— Saltimbanque ou non, c'est un homme extraordinaire, reprit le major, et un homme de cœur, qui plus est ! Je l'ai vu à Stockholm, le mois dernier, tenir bravement tête à trois matelots ivres et furieux, l'un desquels, ayant cruellement maltraité un pauvre mousse, s'était vu arracher sa victime par Christian Waldo indigné. Une autre fois, ce Christian s'est jeté au milieu des flammes pour sauver une vieille femme, et tous les jours il donnait presque tout ce qu'il gagnait à ceux qui excitaient sa pitié. Enfin le peuple des faubourgs l'aimait tant, qu'il a été forcé de partir secrètement, dit-on, pour n'être pas porté en triomphe.

— Et aussi, dit Marguerite, pour n'être pas forcé d'ôter son masque; car les autorités commençaient à s'inquiéter d'un inconnu si populaire, et à se demander si ce n'était pas un agent de la Russie qui débutait ainsi afin de pouvoir, en temps et lieu, fomenter quelque sédition.

— Vous croyez, dit Cristiano, que ce drôle de corps, car il paraît que c'est un drôle de corps, est un espion russe ?

— Oh ! moi, je ne le crois pas, répondit Marguerite. Je ne suis pas de ceux qui veulent que la bonté et la charité servent à cacher de mauvais desseins.

— Mais ce masque? dit une des jeunes filles qui avaient avidement écouté l'officier : pourquoi ce masque noir qu'il porte toujours pour entrer dans son théâtre et pour en sortir? Est-ce pour représenter l'arlequin italien?

— Non, puisqu'il ne paraît jamais de sa personne dans le spectacle qu'il donne au public. Il a une raison que nul ne sait.

— C'est peut-être, observa Cristiano, pour cacher quelque lèpre?

— D'autres prétendent qu'il a eu le nez coupé, dit un des jeunes gens.

— Et d'autres disent encore, ajouta un troisième interlocuteur, qu'il est le plus joli garçon du monde, et qu'il s'est montré à ses hôtes du faubourg et à quelques personnes qu'il avait prises en amitié.

— Il paraît même, reprit le major, qu'il ne se masque pas du tout dans ce qu'on pourrait appeler son intérieur; mais les avis sont très-partagés sur sa figure. Une jeune batelière, qui en était malade de curiosité, a obtenu qu'il ôtât ce masque, et s'est trouvée mal de frayeur en voyant une tête de mort.

— Décidément ce Waldo est le diable en personne, dit Marguerite, puisqu'il peut, à volonté, se montrer en beau garçon ou en spectre épouvantable.

Est-ce que vous n'avez pas envie de le voir, mesdemoiselles?

— Eh bien, et vous, Marguerite?

— Avouons franchement que nous en grillons toutes, ce qui ne nous empêche pas d'en avoir très-grand'peur!

— Et on dit qu'il va venir ici? demanda une des demoiselles.

— On dit même qu'il y est, répondit le major.

— Quoi, vraiment! s'écria Marguerite. Il est arrivé? nous allons le voir? Il est ici, dans le bal peut-être?

— Oh! quant à cela, dit Cristiano, ce serait difficile.

— Pourquoi difficile?

— Parce qu'un saltimbanque n'oserait pas se présenter comme invité dans la bonne compagnie.

— Bah! il paraît que le drôle ose tout, reprit le major. Son masque, son spectacle et son nom ne se quittent pas; mais on prétend, et c'est très-probable, que, sous un autre nom et sans aucun masque, il va et vient, pénètre partout à Sockholm, et que, dans les promenades et les tavernes les mieux fréquentées, on n'est jamais sûr, quand on parle de lui, de ne t'a-

voir pas à côté de soi, ou de ne pas lui adresser la
parole à lui-même.

— Eh bien, alors, reprit Cristiano, que sait-on, en
effet? Il est peut-être dans cette chambre !

— Oh! pour cela non ! répondit Marguerite après
avoir fait de l'œil le tour de l'appartement, toutes
les personnes qui sont ici se connaissent.

— Mais, moi, on ne me connaît pas? Je suis peut-
être Christian Waldo !

— Eh bien, où est donc votre tête de mort? dit en
riant une des jeunes filles. Sans masque et sans tête
de mort, vous n'êtes qu'un Waldo apocryphe! A
propos, messieurs, quelqu'un nous dira-t-il comment on sait qu'il est arrivé?

— Je peux vous dire, repartit le major, comment
je l'ai su, moi. Un inconnu a demandé l'hospitalité
ici, on lui a dit d'aller à la ferme parce que la maison était pleine. Il s'est nommé, il a montré la lettre
du majordome Johan, qui l'appelle de la part du
baron, son maître, pour le divertissement de la société ici rassemblée. Je ne sais pas si on a trouvé un
coin pour le loger au château ou ailleurs; mais il est
arrivé, le fait est certain.

— Qui vous l'a dit?

— Le majordome lui-même.

— Et il avait son masque?

— Il avait son masque,

— Et est-il grand, gros, bien fait, bancal?

— Je n'ai pas fait ces questions-là, puisque, l'ayant vu de mes yeux, à Stockholm, masqué il est vrai, je savais qu'il est grand, bien pris et leste comme un daim.

— C'est peut-être un ancien danseur de corde? dit Cristiano, qui ne paraissait plus prendre intérêt à la conversation que par complaisance.

— Oh! pour cela, non, dit Marguerite; c'est un homme qui a reçu une très-belle éducation. Tout le monde est frappé du style et de l'esprit de ses comédies,

— Mais qui prouve qu'elles soient de lui?

— Des gens versés dans toutes les littératures anciennes et modernes affirment qu'il n'y a rien de pillé, et ces saynètes bouffonnes, que l'on dit parfois sentimentales aussi, ont été à Stockholm un événement littéraire.

— Croyez-vous que nous l'entendrons demain? demanda-t-on de toutes parts.

— Cela est à présumer, répondit le major; mais, si ces demoiselles sont impatientes de le savoir, j'offre de me mettre à sa recherche et de le lui demander.

— A minuit? dit Cristiano en regardant la pendule. Le pauvre diable doit être endormi ! Je croyais que la comtesse Marguerite avait à entretenir l'assistance d'un projet plus sérieux.

— Oui, au fait, s'écria Marguerite, j'ai à vous proposer un petit bal entre nous. Je suis ici une nouvelle venue, une vraie sauvage, je m'en confesse ; je ne suis connue de vous que depuis deux ou trois jours ; mais toutes les personnes que je vois ici m'ont fait tant d'accueil et de bonnes prévenances, que j'ai le courage d'avouer... ce que M. Goefle va avoir l'obligeance de vous dire.

— Voici le fait, reprit Cristiano : la comtesse Marguerite est, comme elle vous l'a dit elle-même, une vraie sauvage. Elle ne sait rien au monde, pas même danser ; elle est disgracieuse au possible, et boiteuse au moins autant que notre illustre maître Stangstadius. En outre, elle est lourde, distraite, myope... Enfin, pour se résigner à danser avec elle, il faut une dose de charité vraiment chrétienne, car...

— Assez, assez ! s'écria en riant Marguerite, vous faites les honneurs de ma personne avec une rare humilité ; mais je vous en remercie. On doit maintenant s'attendre à quelque chose de si affreux, que, pour peu que je m'en tire à peu près convenablement, on sera enchanté de moi. La conclusion est

donc que je voudrais faire mon début en petit co-
mité, et que, si vous le voulez tous, nous allons danser dans la galerie. L'orchestre de la grande salle fait
assez de vacarme pour que nous en ayons au moins
autant qu'il nous en faut pour nous diriger.

Plusieurs jeunes gens s'étaient déjà élancés vers
Marguerite pour lui demander la préférence. Elle les
remercia en disant que M. Christian Goefle s'était
dévoué d'avance à être la victime.

— Eh! mon Dieu, oui, messieurs! dit gaiement
Cristiano en recevant dans sa main gantée la petite
main de Marguerite. Plaignez-moi tous, et marchons
au supplice!

En un instant, la place fut choisie et la contredanse organisée. Marguerite demanda à n'être pas
du quadrille qui commençait.

— Vous voilà singulièrement émue, lui dit Cristiano.

— C'est vrai, répondit-elle. Le cœur me bat
comme à un oiseau qui se lance hors du nid pour la
première fois, et qui n'est pas bien sûr d'avoir des
ailes.

— C'est, je le vois, reprit l'aventurier, un grave
événement dans la vie d'une demoiselle, que la première contredanse. Dans un an d'ici, quand vous

aurez dansé à une centaine de bals, vous rappelle-
rez-vous par hasard le nom et la figure de l'humble
mortel qui a le bonheur et la gloire de diriger vos
premiers pas?

— Oui, certes, monsieur Goefle, ce souvenir se
trouvera toujours lié à celui des plus grandes émotions de ma vie, la peur du baron et la joie d'être
délivrée de lui par un effort de courage dont je ne
me croyais pas capable, et que certes votre oncle et
vous m'avez inspiré!

— Savez-vous pourtant, dit Cristiano, que je ne
suis plus bien certain de votre aversion pour le baron!

— Et pourquoi cela?

— Vous étiez du moins beaucoup plus effrayée de
danser en public que de danser avec lui.

— Et pourtant je n'ai pas dansé avec lui et je
danse avec vous?

Cristiano serra involontairement les doigts mi-
gnons de Marguerite; mais elle crut qu'il ne s'agissait que de se lancer à la danse, et, toute rouge de
plaisir et de crainte, elle le suivit dans la joyeuse
mêlée, où bientôt elle se sentit aussi rassurée
qu'elle avait le droit de l'être par sa grâce et sa légèreté,

— Eh bien, je crois que je n'ai plus peur, lui dit-elle en revenant à sa place, pendant que l'autre quadrille entamait une nouvelle figure.

— Vous voilà beaucoup trop brave, lui répondit Cristiano. J'espérais vous être bon à quelque chose, et je vois que vous sentez si bien pousser vos ailes, que tout à l'heure vous vous envolerez avec le premier venu.

— Ce ne sera toujours pas avec le baron ! Mais dites-moi donc pourquoi vous supposiez que j'exagérais mon éloignement pour lui.

— Eh ! mon Dieu ! je vois que vous aimez passionnément le bal, c'est-à-dire les fêtes et le luxe : toute passion entraîne ses conséquences. Or, si le plaisir est le but, la richesse est le moyen.

— Eh ! me trouvez-vous si sotte et si mal faite, que je ne puisse prétendre à la fortune sans épouser un vieillard ?

— Alors vous avouez que la fortune est pour vous la condition du mariage ?

— Si je disais *oui*, que penseriez-vous de moi ?

— Rien de mal.

— Oui, je serais comme tant d'autres, et vous ne penseriez, par conséquent, de moi rien de bon ?

Cette conversation délicate fut reprise au troisième intervalle de repos du quadrille dont nos deux jeunes gens faisaient partie.

Marguerite provoquait la sincérité de Cristiano.

— Avouez-le, disait-elle, vous méprisez les filles qui se marient pour être riches, comme Olga, par exemple, qui trouve le baron fort beau à travers les facettes des gros diamants de ses rêves.

— Je ne méprise rien, répondit l'aventurier ; je suis né tolérant, ou les facettes de ma vertu, à moi, se sont émoussées au frottement du monde. J'ai de l'enthousiasme pour ce qui est supérieur à l'esprit du monde, de l'indifférence philosophique pour ce qui suit le courant vulgaire.

— De l'enthousiasme, dites-vous ? N'est-ce pas payer bien cher une chose aussi naturelle que le désintéressement ? Je ne vous demande pas tant, moi, monsieur Goefle ; je ne réclame de vous que l'estime. Croyez donc, je vous en prie, que, si je suis libre de mon choix, je consulterai mon cœur et nullement mes intérêts. Dussé-je ne plus jamais avoir de dentelles à mes manchettes et de nœuds de satin à ma robe, dussé-je ne plus jamais danser à la lueur de mille bougies et aux sons de trente violons, hautbois et contre-basses, je me sens capable de faire ces immenses sacrifices pour conserver la liberté de

mes sentiments et le bon témoignage de ma conscience.

Marguerite parlait avec feu. Animée par la danse,
elle mettait tout son cœur en dehors ; son âme généreuse et romanesque était dans ses yeux brillants,
dans son sourire radieux, dans son attitude d'oiseau
impatient de repartir vers les nues, dans ses beaux
cheveux blonds, qui semblaient se rouler en serpents
animés sur ses blanches épaules, dans le son ému de
sa voix, enfin dans tout son charmant petit être.
Cristiano en eut un éblouissement, et, ne sachant
plus ce qu'il disait, il jeta, comme au hasard du rêve,
cette bizarre question à Marguerite :

— Pourtant vous n'aimerez jamais qu'un homme
de votre rang, et si, en dépit de vous-même, votre
cœur parlait pour un pauvre diable, pour un homme
sans nom... et sans avoir... pour Christian Waldo,
je suppose... vous auriez une grande honte et vous
vous croiriez tout à fait brouillée avec votre conscience ?

— Christian Waldo ! dit Marguerite ; pourquoi
Christian Waldo ? Vous faites choix d'un exemple bizarre !

— Extrêmement bizarre, et je le fais à dessein.
Lorsqu'on procède par antithèse... Voyons, voici
celle que je vous soumets : je suppose que ce Chris-

tian Waldo, que je ne connais pas du tout, ait la
bravoure, l'esprit, le cœur généreux qu'on lui attribuait ici tout à l'heure, avec la misère, qui doit être
la compagne fidèle de ses aventures, et un nom
qu'il n'a pris, je suppose, en vertu d'aucun parchemin...

— Et avec sa tête de mort?

— Non, sans sa tête de mort. Eh bien, je suppose
que, pour vous marier, vous soyez forcée de choisir
entre ce personnage et le baron de Waldemora?

— Je prendrais un parti bien simple, qui serait de
ne pas me marier du tout.

— A moins que l'on ne découvrît sous le masque
de ce Christian un jeune et beau prince, forcé par la
raison d'État de se cacher?

— Vous m'en direz tant! répondit Marguerite; un
nouveau czarévitch Yvan évadé de sa prison, ou un
autre Philippe III échappé à ses assassins!

— Auquel cas, apocryphe ou non, il obtiendrait
grâce devant vos yeux?

— Que voulez-vous que je vous réponde? Un
bouffon italien n'est vraiment pas un point de com-
paraison quand il s'agit de parler sérieusement.

— C'est trop juste! répliqua Cristiano; mais voici
le *finale*; qu'il nous soit léger, car c'est la pelletée

de terre sur le roman intitulé la *Première Contre-danse*.

Mais cette contredanse ne devait pas finir selon les lois de la chorégraphie. M. Stangstadius, ayant enfin terminé le copieux repas qu'il appelait un à-compte entre le souper et le réveillon, venait de sortir de la salle du buffet. Préoccupé de quelque haute pensée mise en éveil par l'agréable travail d'une bonne digestion, il trouva le petit bal sur son chemin et le traversa sans façon, heurtant les cavaliers, qui déployaient leurs grâces à l'avant-deux, et marchant sur les petits pieds des danseuses, comme il eût marché sur des cailloux. Sa claudication prononcée formait un pas si bizarre, que tout le monde se mit à rire. La figure de la danse fut toute dérangée, et, les jeunes couples se prenant par les mains, on forma une ronde rapide et bruyante autour du chevalier de l'Étoile polaire, qui ne voulut pas être en reste de grâces, et s'efforça de sauter à contre-mesure, au grand divertissement de la compagnie; mais, hélas! les rires et les chants montèrent à un tel diapason, qu'on s'en aperçut dans la grande salle.

L'orchestre avait fini sa dernière ritournelle, et la jeune troupe ne s'en apercevait pas. Elle tournait toujours en chantant et en sautant autour de Stangstadius, qui se comparait à Saturne au milieu de

1. 10

son anneau. La comtesse Elfride accourut, et,
voyant la soudaine guérison de sa nièce, elle entra
dans une colère que, cette fois, elle ne put maî-
riser.

— Ma chère Marguerite, lui dit-elle d'un ton bref
et vibrant, vous faites de grandes imprudences ; vous
oubliez que vous avez une entorse, et qu'il est fort
dangereux de la mener de ce train-là. Je viens de
consulter le médecin de la maison : il vous commande
le repos pour cette nuit ; veuillez donc vous retirer
avec votre gouvernante, qui vous mettra au lit avec
des compresses. Vous n'avez rien de mieux à faire,
croyez-moi.

Et elle ajouta tout bas :

— Obéissez !

Marguerite devint pâle, de rouge qu'elle était, et
soit contrariété, soit chagrin, elle ne put retenir deux
grosses larmes qui brillèrent au bout de ses longs
cils et coulèrent le long de ses joues. La comtesse
Elfride lui prit vivement la main, et l'emmena en lui
disant à voix basse :

— Vous avez juré de ne faire aujourd'hui que des
sottises. Il faut les expier. Je vous avais pardonné
de ne pas danser avec le maître de la maison : on
pouvait vous croire souffrante, en effet ; mais danser
avec un autre, c'est faire au baron, de propos dé-

libéré, une impertinence inouïe, et je ne souffrirai pas que vous la prolongiez jusqu'à ce qu'il s'en aperçoive.

Cristiano suivait Marguerite, cherchant un moyen de désarmer ou de distraire la tante, s'il pouvait trouver un moment favorable pour l'aborder, lorsqu'il vit le baron approcher, et il s'arrêta contre le piédestal d'une statue, attentif à ce qui allait se passer entre ces trois personnes.

— Quoi! dit le baron, vous emmenez déjà votre nièce? C'est trop tôt. Il paraît qu'elle commençait à ne plus s'ennuyer chez moi! Je vous demande grâce pour elle, et, puisqu'elle a dansé, à ce qu'on m'assure, je la prie maintenant de danser avec moi. Elle ne peut plus me refuser, et je suis bien certain qu'elle consentira de bonne grâce.

— Si vous l'exigez, baron, je cède, dit la comtesse. Allons, Marguerite, remerciez le baron, et suivez-le; ne voyez-vous pas qu'il vous offre son bras pour la polonaise?

Marguerite sembla hésiter; ses yeux rencontrèrent ceux de Christian, qui certes était partagé entre le désir de la voir rester et la crainte de la voir céder. Ce dernier sentiment l'emporta peut-être dans l'expression de son regard, tant il y a que Mar-

guerite répondit avec fermeté au baron qu'elle était
engagée.

— Avec qui, je vous prie? s'écria la comtesse.

— Oui, avec qui? dit le baron d'un ton singulier,
dont le calme ne parut pas de bon aloi à Marguerite.

Elle baissa les yeux et se tut, ne comprenant pas
ce qui se passait dans l'esprit du persécuteur dont
elle s'était cru débarrassée.

Le baron n'avait qu'une pensée, celle de la tourmenter et de la compromettre; il voyait bien l'aversion qu'elle éprouvait pour lui, et il la lui rendait
cordialement. Froidement méchant et vindicatif, il
affecta de plaisanter mais, parlant assez haut pour
être entendu de beaucoup d'oreilles curieuses :

— Où est donc, dit-il, cet heureux mortel à qui je
dois vous disputer? car je suis résolu à vous disputer,
j'en ai le droit !

— Vous en avez le droit, s'écria Marguerite hors
d'elle-même, vous, monsieur le baron?

— Oui, moi, reprit-il avec une effrayante tranquillité de persiflage, vous le savez bien ! Voyons,
où est-il, ce rival qui prétend danser avec vous à ma
barbe?

— Le voici ! répondit Cristiano perdant la tête
et s'élançant vers le baron d'un air menaçant, au

milieu d'uns ilence de stupeur et de curiosité générale,

On savait le baron fort irascible sous son air endormi et blasé. On connaissait son indomptable or-
gueil. On s'attendait à une scène violente, et, en
effet, le baron, devenu tout à coup d'une pâleur verdâtre, clignait ses grands yeux myopes, comme si
la foudre allait s'en échapper pour anéantir l'audacieux inconnu qui le bravait si ouvertement ; mais
le sang reflua à son front, qui sembla sillonné d'une
grosse veine sanglante, tandis que ses lèvres devin-
rent plus livides que le reste de sa figure. Un cri
sourd s'échappa de sa poitrine, ses bras s'étendirent
convulsivement, et il s'affaissa sur lui-même en disant :

— Voilà, voilà !

Il serait tombé à terre si vingt bras ne se fussent
étendus pour le soutenir. Il était évanoui, et on dut
l'emporter vers une fenêtre dont on brisa précipi-
tamment les vitres pour lui donner de l'air. Olga se
fit jour à travers la foule pour lui porter secours. Marguerite disparut comme si sa tante l'eût escamotée,
et Cristiano fut rapidement emmené par le major
Osmund Larrson, qui l'avait pris en amitié.

— Venez avec moi, lui dit cet aimable jeune
homme. Il faut que je vous parle.

Quelques instants après, Cristiano se trouva seul avec Osmund dans une antique salle du rez-de-chaussée chauffée par une cheminée immense.

— C'est ici, lui dit le capitaine, que nous avons la liberté de fumer. Tenez, voici un râtelier bien garni; prenez une pipe à votre goût, et puisez dans le pot à tabac. Sur la table, vous voyez la bière la plus succulente du pays et la plus vieille eau-de-vie de Dantzig. Tout à l'heure mes camarades viendront nous donner des nouvelles de l'événement.

— Vous me croyez très-irrité, je le vois, mon cher major, répondit Cristiano; mais vous vous trompez. Je ne demande pas mieux que de donner au baron le temps de se remettre de sa crise, et d'attendre ici, en fumant avec vous, qu'il veuille donner suite à l'explication.

— Pourquoi faire? Pour un duel? répondit le major. Bah! le baron ne se bat jamais; il ne s'est jamais battu! Vous ne le connaissez donc pas du tout?

— Nullement, dit Christian en bourrant tranquillement sa pipe et en se versant un grand cruchon de bière. Est-ce qu'en vrai don Quichotte je me serais adressé à un moulin à vent? Je ne savais pas être si ridicule.

— Vous ne l'avez pas été, mon cher; vous avez même fait, à bien des yeux et aux miens en parti-

culier, un acte audacieux en tenant tête à l'homme
de neige.

— Pourtant un homme de neige, j'aurais dû me
dire que cela fond aisément !

— Non pas dans notre pays ! de tels hommes res-
tent longtemps debout.

— Ainsi j'ai été héroïque sans le savoir?

— Tâchez de ne pas l'apprendre à vos dépens. Le
baron ne tire pas l'épée, mais il se venge, et n'oublie
jamais une injure. En quelque lieu que vous soyez, il
vous poursuivra de sa haine. Quelle que soit la carrière à laquelle vous vous destinez, il mettra obstacle
à votre avancement. Si vous avez quelque affaire désagréable, comme il en peut arriver à tout homme de
cœur, il trouvera moyen d'en faire une méchante affaire, et, s'il réussit à vous envoyer en prison, il s'ar-
rangera pour que vous n'en sortiez jamais. Je vous
conseille donc de ne pas vous rencontrer chez lui, ou
d'être sur vos gardes tant que vous vivrez, à moins
qu'il ne plaise au diable de tordre cette nuit le cou
à son compère, sous prétexte d'apoplexie foudroyante.

— Croyez-vous que le baron soit si mal? dit Cristiano.

— Nous allons le savoir. Voici mon lieutenant Er-

vin Osburn, mon meilleur ami, qui certainement
partage ma sympathie pour vous. Eh bien, lieutenant, quelles nouvelles de l'homme de neige? Est-ce
que le dégel approche?

— Non, ce n'est rien, répondit le lieutenant; du
moins, il prétend que ce n'est rien. Il s'est retiré un
instant dans ses appartements, puis il a reparu si
frais, que je le soupçonne d'avoir mis quelque fard
sur ses joues blêmes. C'est égal, il a l'œil éteint et la
parole embarrassée. Je me suis approché de lui par
curiosité, ce qu'il a pris pour une marque d'intérêt,
et il a *daigné* me dire qu'il souhaitait qu'on dansât et
qu'on ne s'occupât point de lui davantage. Il est resté
assis dans le grand salon, et ce qui me prouve qu'il
est plus mal à l'aise qu'il n'en convient, c'est qu'il
paraît avoir absolument oublié l'accès de rage qu'il
l'a mis en si bel état, et que personne autour de lui
n'ose lui en rappeler la cause.

— Alors le bal va reprendre son entrain, dit le
major, et vous verrez qu'on s'amusera plus qu'auparavant. Il semble que l'on veuille s'étourdir ici sur
quelque prochaine catastrophe, ou que les héritiers
qui se trouvent là ne puissent contenir leur joie de
voir que, depuis quelque temps, le baron paraît très-
malade... Mais dites-nous donc, Christian Goefle,
quelle mine vous avez faite à notre aimable baron, ou

quel charme vous avez jeté sur lui? Seriez-vous esprit ou sorcier? Êtes-vous l'*homme du lac* qui fascine
les gens en les regardant de ses yeux de glace? Qu'y
a-t-il entre le baron et vous, et d'où vient qu'en tom-
bant en pamoison il a dit son fameux mot, que j'ai
entendu cette fois : « Voilà ! voilà !... »

— Expliquez-le-moi vous-même, répondit Cristiano. J'ai beau chercher, je ne peux me rappeler où
j'ai déjà vu ce personnage, et, si cela est, il faut que
ce soit dans des circonstances insignifiantes, puisque
mon souvenir est si confus. Voyons, a-t-il voyagé en
France ou en Italie depuis...?

— Oh! il y a longtemps, bien longtemps qu'il n'a
quitté les États du Nord !

— Alors je me trompais : j'ai vu le baron aujour-
d'hui pour la première fois. Et pourtant on eût dit
qu'il me reconnaissait... Ne pensez-vous pas qu'en
disant : « Voilà, voilà ! » il a pu avoir le délire?

— Cela est certain, dit le major. J'ai dans mon
bostoelle * un jardinier qui a été à son service, et qui

---

* Le *bostoelle* des officiers de l'*indelta* est une maison et une
terre dont ils ont la jouissance, et dont le revenu est proportion-
nel à leur grade. Ce revenu représente leur traitement. Le presby-
tère s'appelle aussi *bostoelle*, et le ministre en a la jouissance en
outre de son casuel. Le soldat de l'*indelta* a son *torp*, sa maison-

m'a donné des détails assez curieux. Le baron est sujet à des crises que son médecin appelle nerveuses,
et qui proviennent d'une maladie du foie déjà ancienne. Dans ces crises, il donne parfois les marques
d'une étrange frayeur. Lui, le sceptique et le moqueur, devient pusillanime comme un enfant : il voit
des fantômes, et particulièrement celui d'une femme.
Alors il s'écrie : « Voilà, voilà ! » ce qui signifie :
« Voilà mon accès qui me prend ! » ou bien : « Voilà
mon rêve qui m'étouffe ! »

— Ce serait donc un remords ?

— On prétend que c'est le souvenir de sa belle-
sœur...

— Qu'il a assassinée ?

— On ne dit pas qui l'ait tuée, mais qu'il l'a fait
disparaître.

— Oui, le mot est de meilleure compagnie...

— Mais l'un n'est peut-être pas plus fondé que l'autre, reprit le major. Le fait est qu'on n'en sait rien, et
que le baron est peut-être fort innocent de maint
crime dont on l'accuse. Vous savez que nous vivons
ici sur la terre classique du merveilleux. Les Dalé-

---

nette avec un jardin et quelques arpents de terre. L'*indelta* est
une armée rurale dont l'excellente organisation, créée par
Charles XI, n'a d'analogue nulle part.

carliens ont horreur des choses positives et des explications naturelles. Dans ce pays-ci, on ne se heurte pas contre une pierre sans croire qu'un lutin l'a poussée exprès; et, si le nez vous cuit, on court chez la sybille pour qu'elle vous ôte le poison du nain qui vous a mordu; et, si un trait se casse à une voiture ou à un traîneau, le conducteur, avant de le raccommoder, ne manque pas de dire : « Allons, allons, petit lutin, laisse-nous en paix! nous ne te faisons point de mal. »

» Au milieu de ces esprits superstitieux, vous pensez bien que le baron de Waldemora n'a pu s'enrichir, comme il l'a fait, sans passer pour un alchimiste. Au lieu de supposer qu'il était payé par la czarine pour soutenir les intérêts de sa politique, on a trouvé plus naturel de l'accuser de magie. De cette accusation à celle des plus noirs forfaits, il n'y a qu'un pas : tout sorcier noie dans les cascades, engloutit dans les abîmes, promène les avalanches, conduit le sabbat, et se nourrit pour le moins de chair humaine, modeste en ses appétits féroces s'il se contente de sucer le sang des petits enfants. Quant à moi, j'en ai tant entendu, que je ne peux plus prendre aucun récit au sérieux. Je me borne à croire ce que je sais, et ce que je sais, c'est que le baron est un méchant homme, trop lâche pour frapper un

autre homme, trop bien nourri et trop dégoûté pour
boire du sang, trop frileux pour guetter les passants
sous la glace des lacs, mais capable d'envoyer son
meilleur ami à la potence, pour peu qu'il eût un intérêt personnel à le faire, et qu'il n'y eût à dire
qu'une parole méchante et calomnieuse.

— Voilà un grand misérable! dit Cristiano; mais
permettez-moi d'être étonné de voir chez lui tant
d'honnêtes personnes...

— Ah bien, oui! répliqua Osmund sans lui donner
le temps d'achever, c'est, en effet, un vilain métier
que nous faisons là, de venir nous divertir aux frais
et dépens d'un homme que nous haïssons tous. Vous
avez pour excuse que vous ne le connaissiez point,
tandis que nous autres...

— Je ne faisais pas d'application personnelle, reprit Cristiano.

— Je le sais bien, mon cher; mais vous avez tort
d'être étonné qu'un tyran ait une cour. Vous savez
sans doute l'histoire de votre pays; seulement, éloigné depuis bien des années, vous avez pu croire
qu'un peu d'équilibre s'était fait, avec les progrès de
la philosophie, dans l'influence légitime des divers
ordres de l'État. Il n'en est rien, Christian Goefle,
rien du tout, vous le verrez bientôt de vos propres
yeux. La noblesse est tout : le clergé vient ensuite;

éclairé, austère, mais despotique et intolérant. La bourgeoisie, si utile à l'État et si patriarcale dans ses mœurs, compte peu. Le paysan n'est rien, et le roi moins que rien. Quand un noble est riche, ce qui est rare heureusement, il tient dans sa main tous les intérêts, toutes les destinées de sa province, et c'est pour mener hommes et choses à sa guise ou à leur perte. Sachez donc que, si nous autres, jeunes officiers, nous boudions l'illustre châtelain de Walde-mora, nous pourrions bien, non pas perdre notre grade, qui est indélébile à moins de forfaiture, mais être forcés par des persécutions inouïes de quitter nos cantonnements, nos maisons, nos propriétés, nos affections, comme une simple garnison, en dépit des inviolables lois de l'*indelta*.

Deux autres jeunes gens entrèrent pour fumer, et Cristiano se hasarda à leur demander si la comtesse Elfride avait reparu dans le bal.

— Voilà un habile compère! lui répondit l'un d'eux; vous ne nous ferez pas croire que vous vous intéressez à la méchante comtesse d'Elvéda! Mais sachez que son aimable nièce a disparu en même temps que vous, et que sa tante la fait passer pour être très-estropiée.

— Que dites-vous qu'elle a *disparu?* s'écria Cristiano, que le mot épouvanta plus que de raison.

— Voyons! dit vivement le major, êtes-vous inquiet de votre belle, mon cher Goefle?

— Permettez; je ne me donne pas le ton d'appeler
ainsi la comtesse Marguerite. Elle est belle, c'est
vrai; mais, malheureusement pour moi, elle n'est
mienne en aucune façon.

— Je n'y entendais pas malice, reprit Osmund.
J'ai vu seulement, comme tout le monde, que vous
aviez les honneurs de sa première contredanse, et
que vous causiez ensemble de bonne amitié. Si vous
n'êtes pas amoureux d'elle... ma foi, vous avez tort;
et, si elle n'a pas un peu de goût pour vous, elle a
peut-être tort aussi, car vous nous paraissez à tous
un charmant compagnon.

— Quant à moi, j'aurais parfaitement tort, je vous
jure, de regarder avec convoitise un astre trop élevé
sur mon horizon.

— Bah! parce que vous n'êtes pas titré? Mais votre
famille a été ennoblie, et votre oncle l'avocat est une
illustration par son talent et son caractère. En outre,
il est riche au moins autant que la belle Marguerite,
et elle ne sera pas toujours en tutelle. L'amour apla-
nit les obstacles, et, quand on a des parents fâcheux,
on se fiance en secret. Dans notre pays, ces fian-
çailles-là sont aussi sacrées que les autres. Donc, si

vous voulez pousser votre pointe, nous voilà prêts à vous aider.

— M'aider à quoi? dit Cristiano en riant.

— A obtenir tout de suite une entrevue à l'insu de la tante. Voyons, camarades, qu'en dites-vous? Nous voici quatre de bonne volonté. Je sais, moi, où est situé l'appartement. Nous nous y rendons tout de suite. Si mademoiselle Potin s'effraye, nous lui faisons des compliments... qu'elle mérite, au reste, car c'est une personne charmante! Si une fille de chambre crie, nous l'embrassons et lui promettons des rubans pour sa chevelure. Enfin, nous demandons pour Christian Goefle un entretien sérieux, de la part de M. Goefle, son oncle... Une communication importante! hein? c'est cela. On nous introduit, sans nos pipes, par exemple, dans un petit salon, où nous nous asseyons gravement à l'écart, pendant que Christian Goefle offre son cœur, à voix basse, à *la diva contessina*, ou, s'il est trop timide encore pour se déclarer, il se laisse pressentir, tout en s'informant des dangers que court son incomparable, et en se mettant avec elle en mesure de les conjurer. Je ne ris pas, messieurs! Il est bien évident que madame d'Elvéda veut forcer l'inclination de sa pupille, et que le sournois Olaüs veut la compromettre pour écarter tout autre prétendant. Eh bien, la situation est ma-

gnifique pour l'homme qui, en plein bal, a pris fait
et cause pour la victime de cette odieuse et ridicule
machination. Venez, Christian ; venez, messieurs : y
sommes-nous ? Eh ! parbleu ! c'est à charge de re-
vanche ! Une autre fois, c'est vous, Christian, qui
servirez nos honnêtes amours ; on se doit cela entre
jeunes gens. Où en serions-nous tous, si nous n'étions
pas confidents dévoués les uns des autres ? En avant !
A l'assaut de la citadelle ! Qui m'aime me suive !

Tous se levèrent, même Cristiano, enivré de la
proposition ; mais il s'arrêta sur le seuil de la salle,
et arrêta les autres.

— Merci, messieurs, leur dit-il, et comptez que
dans l'occasion, je me mettrais au feu pour vous
mais il ne m'appartient pas de mettre dans ma vie
ce doux chapitre de roman. Rien dans les manières
de la comtesse Marguerite avec moi ne m'a autorisé
à prendre sa défense, comme je l'ai fait dans un
mouvement d'indignation irréfléchie, et rien ne me
fait espérer qu'elle m'en sache gré. C'est peut-être
tout le contraire, et c'est à M. Goefle l'avocat qu'il
appartient de la protéger contre sa tante, en lui faisant connaître ses droits. Ce que j'ai de mieux à
faire, puisque ma belle danseuse ne danse plus,
et que mon terrible *rival* ne se bat pas, c'est de
m'en aller faire un somme dont j'ai grand besoin,

étant sur pied depuis plus de vingt-quatre heures.

Cristiano fut approuvé et hautement traité de galant homme. On s'efforça de le retenir et de lui faire boire des spiritueux, ce que l'on supposait être une séduction irrésistible ; mais Cristiano était sobre comme le sont, en général, les habitants des pays chauds. Il voyait la nuit s'avancer, et jugeait prudent de mettre un terme à la comédie jouée jusque-là avec tant de succès. Il serra les mains, fit ses adieux, promit de revenir à l'heure du déjeuner, bien résolu à n'en rien faire, et, sans se laisser interroger sur la partie du château où il avait élu domicile, il reprit lestement et mystérieusement le sentier sur la glace du lac.

Ce fut à dessein qu'il oublia Loki et le traîneau du docteur en droit au château neuf. Il craignait d'être entendu et observé. Il s'en alla, en suivant la rive, jusqu'à ce qu'il fût trop loin pour être vu des fenêtres du château, et arriva à la porte du Stollborg, qu'il avait laissée ouverte, et que personne, Ulphilas moins que tout autre, n'avait songé à venir fermer.

Il prit ces précautions, parce que, à la pâle lumière de la lune, avait succédé la fugitive mais brillante clarté d'une aurore boréale magnifique : je dis magnifique quant au pays où elle se montrait, car elle n'eût été que très-ordinaire sous la latitude du nord de la Baltique ; mais il fallait qu'en cet instant elle

brillât d'un bien vif éclat vers les régions polaires,
puisqu'elle éclairait toute la campagne et tous les
chjetautour du lac glacé. La neige, colorée de ses
reflets changeants, prenait des tons rouges et bleus
d'un ton fantastique incomparable, et Cristiano,
avant de rentrer dans la salle de l'ourse, resta encore
quelques instants à la porte du préau, ne pouvant,
en dépit du froid et de la solitude, s'arracher à ce
spectacle extraordinaire.

V

Il était déjà huit heures du matin quand M. Goefle s'éveilla. Il n'avait probablement pas dormi aussi bien qu'à l'ordinaire, car il était fort matinal, et il se scandalisa de lui-même en se surprenant si tard au lit. Il est vrai qu'il avait compté sur le petit Nils pour l'éveiller ; mais Nils dormait à pleins yeux, et M. Goefle, après de vaines tentatives pour lui faire entendre raison, prit le parti de le laisser ronfler tant qu'il voudrait. Il n'y avait plus d'humeur dans le fait du docteur en droit, mais une désespérance complète à l'égard du service sur lequel il pouvait compter de la part de son valet de chambre. En homme résigné, il ralluma son feu lui-même, puis, en homme méthodique et à la lueur d'une bougie qui semblait dormir debout, il fit sa barbe et peigna sa perruque aussi soigneusement et aussi merveilleusement bien que

s'il eût eu toutes ses aises. Enfin, sa toilette du matin étant terminée de manière à lui permettre de n'a-
voir plus qu'un habit à passer en cas de besoin, il re-
monta sa montre, regarda le ciel, où ne se montrait
pas encore la moindre lueur du matin, endossa sa
robe de chambre, et, ouvrant ses deux portes, il se
mit en devoir d'aller tout préparer dans son salon (la
chambre de l'ourse) pour travailler chaudement et
tranquillement jusqu'à l'heure du déjeuner.

Mais, comme il approchait du poêle en rabattant
de la main devant lui la clarté vacillante de sa bougie, il tressaillit à la vue d'une figure humaine cou-
chée en travers entre le poêle et lui, le corps enfoncé
dans le grand fauteuil, la tête renversée en arrière
sur le dossier à oreillettes, et les jambes plongées, au
niveau du corps dans la grande bouche de chaleur
qui s'ouvrait immédiatement au-dessus du foyer du
poêle éteint, mais encore chaud.

— Hé! un beau dormeur! une figure superbe! se
dit l'avocat, arrêté à contempler le paisible et profond sommeil de Cristiano; quelque fils de famille
qui, comme moi, sera venu chercher un refuge au
vieux château contre le bruit et l'encombrement du
château neuf. Allons, je croyais, j'espérais au moins
être seul dans ce lieu maudit; mais il n'y a pas
moyen, et je dois me résigner à avoir un compagnon.

Heureusement, celui-ci a une aimable physionomie. Le pauvre garçon a été fort discret, puisqu'il n'a pas fait le moindre bruit, la moindre tentative pour trouver un meilleur lit que ce fauteuil, où il doit avoir les reins brisés !

M. Goefle toucha légèrement la joue de Cristiano, qui fit le mouvement de chasser une mouche et ne s'éveilla pas.

— Il n'a pas eu froid du moins, se dit encore l'avocat : il a une bonne fourrure... toute pareille à ma pelisse de voyage, oh ! mais toute pareille ! Où est donc la mienne ? Ah ! je vois ce que c'est : il l'a trouvée là sur le fauteuil, et il s'est roulé dedans. Ma foi, il a bien fait. Je la lui eusse prêtée de bon cœur, et même je lui aurais cédé le second lit de ma chambre ; M. Nils aurait eu la complaisance de dormir sur le canapé. Je regrette que ce bon jeune homme ait été si discret !... certainement, d'une discrétion, j'ose dire exagérée. C'est un garçon bien élevé, ça se voit, et soigneux de sa toilette, car il a ôté son habit pour dormir : indice d'un caractère posé. Voyons, quelle peut être la profession de ce brave enfant-là ? L'habit noir... tout pareil à mon habit de cérémonie, tellement pareil... que c'est le mien, car voici dedans mon mouchoir parfumé au musc, et... Ah ! mon invitation au bal lui aura servi. Et... mes gants blancs ?

où sont donc mes gants blancs? Ouais! par terre? Ils
y sont bien, car ils sont tout fanés. Oh! oh! monsieur le dormeur, vous êtes moins cérémonieux que
je ne pensais, et j'ose dire maintenant que vous êtes
tout à fait sans gêne. Vous égarez vos malles, ou
vous ne vous donnez pas la peine de les faire dé-
charger, et vous puisez sans façon dans celles des
autres! Ces plaisanteries-là se font entre jeunes gens,
je le sais bien... Je me rappelle un certain bal, à
Christiania, où je dansai toute la nuit avec les habits
de ce pauvre Stangstadius, qui fut forcé de garder le
lit en mon absence, et même toute la journée du lendemain, car je me laissai entraîner... Mais bah! nous
étions jeunes dans ce temps-là et je ne suis plus d'âge
à permettre... aux autres... de pareilles espiègleries.
Holà, holà, monsieur! réveillez-vous et me rendez
mon haut-de-chausses et mes bas de soie... Dieu me
pardonne! Que de mailles il aura fait partir en dan-
sant, l'animal! Et monsieur ne daigne pas ouvrir les
yeux!

En faisant toutes ces réflexions coup sur coup,
M. Goefle mit la main sur la défroque que Cristiano
avait dépouillée la veille, et que, pressé de dormir
au retour du bal, il avait laissée sur une autre chaise.
La vue de la culotte râpée, de la cape vénitienne qui
montrait la corde et du chapeau tyrolien à ganse fa-

née, jeta M. Goefle dans un nouvel océan de suppositions. Ce beau jeune homme à la figure distinguée
et aux mains fines n'était donc qu'un bohémien quelconque, meneur d'ours apprivoisés, marchand col-
porteur ou chanteur ambulant? Un chanteur italien?
Non, le visage de l'aventurier appartenait sans nul
doute au type du pays de Dalum. Un escamoteur...
trop habile dans son état peut-être? Non, car la
bourse de M. Goefle était intacte dans le fond
de sa malle, et la figure du dormeur était si honnête! Son sommeil était vraiment celui de l'innocence.

Que penser et que résoudre? L'avocat se grattait la
tête. Ce misérable costume était peut-être un dégui-
sement à l'aide duquel le jeune homme avait traversé
le pays pour venir en cachette faire le don Juan sous
le balcon de quelque belle de passage au château
neuf; mais, aucune conjecture n'étant satisfaisante,
M. Goefle prit le parti de réveiller son hôte, en le secouant à plusieurs reprises et en lui criant dans les
oreilles : « Hé! hé! oh! oh! Allons, camarade, debout! » et autres interjections à l'usage des dor-
meurs obstinés et des réveilleurs impatients.

Cristiano ouvrit enfin les yeux, regarda fixement
M. Goefle sans le voir, et referma la paupière avec
un calme olympien.

— Ah! oui-da! reprit l'avocat, vous voilà reparti
pour le pays des songes?

— Eh bien, quoi? Est-ce que l'aurore boréale dure
encore? lui demanda Cristiano, évidemment bercé
parde riantes visions dans son demi-sommeil.

— Où prenez-vous l'aurore boréale à cette heure-
ci? dit M. Goefle. Le soleil va se lever tout à l'heure!

— Le soleil? Qui parle de soleil au milieu d'un
bal? murmura Cristiano de cette voix particulièrement douce d'un dormeur qui semble supplier et ca-
joler pour obtenir la paix.

— Oui, oui, le bal, mon habit, le soleil, ma culotte, l'aurore boréale, c'est très-logique, reprit
M. Goefle, et tout cela s'enchaîne très-bien dans vos
rêves, mon bon ami; mais je voudrais de meilleures
raisons, et je vais vous secouer jusqu'à ce que vous
soyez en état de plaider un peu mieux votre cause.

Le bon Cristiano se laissa secouer avec une incomparable mansuétude. L'habitude qu'il avait prise de
dormir n'importe sur quelle planche, soit en mer par
tous les temps, soit sur les chemins dans toute espèce de véhicule, lui faisait trouver assez agréable le
soin que prenait l'avocat de le bercer rudement,
comme pour lui donner l'agréable conscience du repos de ses facultés. Peu à peu, cependant, l'idée lui

vint de se rendre compte du lieu où il se trouvait. Il
rouvrit les yeux, regarda le poêle, puis se retourna
pour interroger les sombres parois de la salle.

— Le diable m'emporte, dit-il, si je sais où je suis !
Mais qu'est-ce que cela me fait, au bout du compte?
Aujourd'hui là, demain ailleurs ! Telle est la vie.

— Prenez au moins la peine, lui dit l'avocat, de
savoir devant qui vous êtes.

Assez satisfait de cette fière injonction, M. Goefle
s'attendait à voir enfin la surprise, la terreur ou la
confusion se peindre sur les traits du coupable; mais
il attendait en vain. Cristiano se frotta les yeux, le
regarda en souriant, et lui dit du ton le plus affable :

— Vous avez une bonne figure, vous ! Qu'est-ce
que vous me voulez donc?

— Comment, ce que je veux? s'écria M. Goefle indigné. Je veux ma pelisse, mon bonnet, ma veste,
mon linge, ma chaussure, enfin tout ce que vous
m'avez pris pour vêtir et enjoliver votre aimable personne !

— Bah ! bah ! vous croyez ça? Vous rêvez, mon
brave homme ! dit l'aventurier en se soulevant sur
son siége et en regardant avec étonnement sa garde-
robe d'emprunt.

Puis, se mettant à rire au souvenir encore confus
de son aventure :

— Ma foi! monsieur Goefle, dit-il, car c'est au respectable et célèbre monsieur Goefle que j'ai l'honneur de parler, n'est-ce pas?...

— Tout me porte à le croire, monsieur. Et puis
après?

— Et puis après, reprit Cristiano en se levant tout à
fait et en ôtant de dessus sa tête le bonnet du docteur avec une courtoisie parfaite, j'ai à vous demander un million de pardons, tout en reconnaissant que
je n'en mérite pas un seul. Que voulez-vous, monsieur! je suis jeune, je suis au dépourvu pour le moment. Une idée romanesque m'a conduit au bal cette
nuit; je n'avais pas sous la main d'autre mise décente
que celle-ci, envoyée à point par la Providence. Je
suis un homme très-propre et très-sain, et, d'ailleurs, s'il ne vous convenait pas de remettre des habits portés par moi, je suis sûr de pouvoir vous les
acheter demain pour le prix que vous voudrez bien
y mettre.

— Bon! je vous trouve plaisant! Me prenez-vous
pour un marchand d'habits?

— Non, certes; mais je serais désolé d'être pris
pour un voleur. Je n'en ai pas l'habitude.

— Pardieu! je vois bien que vous êtes un honnête
garçon... très-étourdi, par exemple! Et, quand je me
fâcherais, la chose n'en serait pas moins faite. Je vois

bien que vous n'êtes pas malsain, pardieu ! vous êtes
d'une carnation magnifique... Et quels cheveux !...
Ah ! mon gaillard, je reconnais l'odeur de ma poudre !... Mais comment diable êtes-vous allé au bal
sans invitation, car vous n'avez pas une tenue de
voyage qui annonce...

— Que j'appartienne à la bonne compagnie, n'est-
ce pas ?... Oh ! dites, je ne suis pas susceptible à cet
endroit-là.

— Après tout, je n'en sais rien : l'habit ne fait
pas l'homme. Vous avez la main très-aristocratique,
Voyons tout de suite : qui êtes-vous ? Si c'est un
roman, j'aime les histoires romanesques, et si c'est
un secret... eh bien, votre figure me plaît, et je
vous promets une discrétion... d'avocat, c'est tout
dire.

— Je ne doute pas de votre discrétion, monsieur
Goefle, répondit Cristiano, et, d'ailleurs, il n'y a pas
de secret dans ma vie que je ne puisse dire à un
homme d'esprit et à un homme de bien; mais mon
histoire est un peu longue, je vous en avertis, et le
poêle ne chauffe plus guère... Et puis, à vous dire
vrai, quoique j'aie bien soupé la nuit dernière, j'ai
toujours l'appétit ouvert aussitôt que les yeux, et je
sens déjà des tiraillements...

— Et moi donc, dit M. Goefle, moi qui ai l'habi-

tude de prendre mon thé à la crème dans mon lit,
en m'éveillant ! Ce balourd d'Ulphilas m'a complète-
ment délaissé ! Voici sur la table les mêmes mets
qui s'y trouvaient hier au soir.

— Grâce à moi, monsieur Goefle, car je reconnais le jambon et le poisson que j'ai dérobés dans
la cuisine de ce bon M. Ulph... Comment l'appelez-
vous?

— Ulph pour Ulphilas. C'est très-bien dit. Ici, on
abrége tous les noms; on les rend monosyllabiques,
dans la crainte apparemment que, quand on appelle
les gens, la moitié des mots ne gèle en l'air. Si c'est
à vous cependant que je dois d'avoir pu souper hier,
il faut conclure que ledit Ulph m'eût laissé mourir
de faim, hé! hé! dans cette chambre où il y a une
histoire de ce genre?... C'est donc pour lui faire mériter sa réputation, que le drôle voulait me livrer au
même supplice?

— Est-ce la baronne Hilda qui est morte ici de
faim, monsieur Goefle ?

— Tiens, vous avez entendu parler de cela? C'est
un conte, Dieu merci. Songeons à déjeuner. Je vais
appeler.

— Non, monsieur Goefle; sans doute, Ulph va
venir. D'ailleurs, si quelque chose vous manque,

j'irai vous le chercher. Il n'est rien de tel que de
faire soi-même son menu et son choix ; mais ce
jambon d'ours ou de sanglier, cette langue fumée
et ce gibier rôti, toutes choses que vous avez à peine
entamées hier au soir, ne vous disent-ils plus rien ce
matin ?

— Si fait, si fait, et il y a là plus que nous ne
mangerons à nous deux. Or donc, puisque le couvert
est tout mis, déjeunons, hein ?

— Je ne demande que ça ; mais permettez que je
cherche un coin pour faire ma toilette, ou plutôt
pour la défaire, car me voilà toujours...

— Dans mes vêtements ? Je le vois parbleu bien !
Restez-y, puisque vous y êtes ; seulement, ôtez la
pelisse et remettez l'habit, ou bien vous allez étouffer en mangeant.

Cristiano commença par remplir le poêle de com-
bustible ; après quoi, s'étant lavé les mains et la figure avec beaucoup de soin et de décence dans un
coin de la salle, il revint découper les mets froids
avec une sorte de *maestria*.

— C'est drôle, lui dit M. Goefle, vous avez toutes
les manières de ce qu'on appelle en France, je crois,
un parfait gentilhomme, et pourtant vous avez là-
bas une casaque...

— Qui sent l'accident et non la misère, répondit
tranquillement l'aventurier. Il y a huit jours, j'étais
fort proprement nippé, et je n'aurais pas été embarrassé de me présenter au bal.

— C'est possible, répondit M. Goefle en s'asseyant
et en commençant à manger à belles dents, de
même qu'il est fort possible que vous me prépariez
un de ces contes où excellent les aventuriers en
voyage. Ça m'est égal, pourvu que le vôtre soit amu-
sant !

— Voyons, dit Cristiano en souriant, dans quelle
langue souhaitez-vous que je fasse mon récit?

— Parbleu ! en suédois, puisque c'est votre langue ! Vous êtes Suédois, et même Dalécarlien, je le
vois bien à votre figure.

— Je ne suis pourtant pas Suédois, mais plutôt
Islandais.

— Plutôt ?... vous n'en êtes pas sûr?

— Pas le moins du monde. Aussi, comme le latin
est la langue universelle, si vous voulez...

Et Cristiano se mit à parler un latin élégant et cor-
rect avec la plus grande facilité.

— C'est très-bien, cela ! dit l'avocat, qui l'écoutait
avec une bienveillante attention; mais votre prononciation italienne me retarde un peu pour vous suivre
en latin.

— Il en sera peut-être de même en grec et en
allemand? reprit Cristiano, qui se mit à parler la
langue morte et la langue vivante avec la même
aisance et la même correction, mêlant à ces échantillons de son savoir des citations qui montraient
en lui un homme versé dans les littératures anciennes et modernes.

— Bravo! s'écria le docteur; vous êtes un garçon
fort instruit, je vois ça. Et le français, le savez-vous
aussi?

— Le français et l'anglais à votre service, répondit
Cristiano : on m'a fait apprendre tout cela, et mon
goût me portait à l'étude des langues.

— Eh bien, racontez en français, dit M. Goefle,
qui n'était guère moins polyglotte que Cristiano;
j'aime l'Italie, mais j'adore la France ! c'est notre
alliée, utile ou non; c'est surtout l'antithèse de l'esprit russe, que j'ai en exécration.

— Vive Dieu! et moi aussi, je suis antirusse,
depuis que je suis en Suède, et particulièrement depuis hier au soir; mais, à présent, j'ai à vous prier,
monsieur le docteur, de ne pas me prendre pour un
pédant : si j'ai osé faire montre de mes petites connaissances devant un professeur de la faculté de
Lund, c'est qu'en remarquant la manière dont je
découpais proprement le jambon, vous vous étiez

demandé intérieurement si je n'étais pas un ex-
Frontin de bonne maison, tombé dans la disgrâce et
cherchant à faire des dupes.

— Tiens ! vous avez deviné que cette idée me traversait la tête ? Eh bien, je m'en confesse, et je vois
de reste maintenant que, si vous avez eu de l'emploi
dans les bonnes maisons, ce n'est toujours pas à
titre de laquais.

— Eh ! mon Dieu, monsieur, dit Cristiano, laquais ou professeur, c'est un peu la même chose, à
un échelon de plus ou de moins, dans l'esprit de
certaines gens.

— Non, pas en Suède, mon ami; diable ! non, il
n'en est pas ainsi.

— Je le sais, monsieur : votre pays est porté aux
études sérieuses, et nulle part les connaissances humaines ne sont plus noblement encouragées dans leur
développement; mais ailleurs il arrive souvent...

Ici, Cristiano fut interrompu par l'entrée d'Ulphilas, qui apportait le déjeuner, et qui, en voyant la
table servie, s'arrêta stupéfait.

— Tu le vois, ignorant ! lui cria gaiement M. Goefle, qui devina le motif de sa surprise : mon *kobold*
m'a servi à ta place, et c'est bien heureux pour moi,
puisque, depuis douze heures, tu m'avais si complétement oublié.

Ulph ou Ulf (car l'un et l'autre s'écrivent suivant les traductions) essaya de se justifier ; mais il avait cherché de telles consolations, la veille au soir, dans la bouteille, qu'il avait l'esprit complétement appesanti, et se rendait difficilement compte des motifs qu'il avait eus pour délaisser son hôte. Aux approches du jour, Ulf se sentait ordinairement calme, et, quand se levait le tardif soleil d'hiver, il en avait pour cinq heures environ à n'être ni plus poltron ni plus maladroit qu'un autre. Ses trop nombreuses libations faisaient bien encore sentir leur effet sur sa cervelle engourdie ; mais, comme il n'en remplissait pas moins toutes ses fonctions domestiques avec la régularité d'une machine, cet état n'avait rien de fâcheux pour les autres et rien d'inquiétant pour lui-même. Il balbutia, en dialecte dalécarlien, quelques mots de surprise flegmatique en voyant les mets étalés sur la table et un inconnu attablé avec le docteur.

— Allons, sers monsieur comme moi-même, lui dit celui-ci ; c'est un de mes amis avec qui je veux bien partager mon logement.

— C'est bien, monsieur, répondit Ulf ; je ne dis pas le contraire, mais c'est le cheval...

— Cheval toi-même ! s'écria Cristiano, qui savait

déjà quelques mots dalécarliens, et qui se sentit menacé d'une terrible révélation.

— Oui, monsieur, cheval moi-même, reprit Ulf avec résignation ; mais le traîneau...

— Quoi, le traîneau ? dit le docteur ; l'as-tu nettoyé ? as-tu pansé mon cheval ?

Le mot *cheval* frappant encore l'oreille de Cristiano, il se tourna vers Ulf et le regarda à la dérobée d'une si terrible manière, que le pauvre hébété perdit la tête, bégaya et répondit :

— Oui, oui, monsieur, cheval, traîneau ! Soyez tranquille.

— Or donc, déjeunons ! dit le docteur rassuré. Apporte-nous du tabac, Ulf, et laisse la bouilloire tranquille. Nous ferons le thé nous-mêmes.

Ulf se pencha vers le poêle pour poser convenablement sa bouilloire. Cristiano l'y suivit, comme pour surveiller l'opération, et, se penchant vers lui, il lui dit en dalécarlien, dans l'oreille, avec un nouveau regard terrifiant : *Cheval, traîneau, château neuf, vite !* Ulf s'imagina que, dans son reste d'ivresse, il avait déjà reçu des ordres qu'il avait oublié d'exécuter. Il se hâta d'aller chausser ses patins, et courut au château neuf pour se mettre en quête de Loki au travers du tumulte des écuries, encombrées de palefreniers et de quadrupèdes.

Le docteur en droit ne mangeait pas gloutonne-
ment comme le docteur ès sciences Stangstadius. Il
prenait son temps pour savourer et juger chaque
mets en vertu de principes raisonnés sur l'appro-
priation de l'art culinaire aux besoins élevés des estomacs d'élite. Au bout d'une demi-heure de causerie expérimentative sur ce sujet, lui et Cristiano se
regardèrent et trouvèrent mutuellement un reflet
rosé sur leurs figures.

—Enfin! dit le docteur, voilà le soleil sorti de
l'horizon.

Il regarda sa montre.

— Neuf heures trois quarts, dit-il; allons, cette
montre de Mora ne va pas mal! Voyez, ceci est de
fabrique indigène. Nos Dalécarliens font de tout; ils
fabriquent eux-mêmes tous leurs ustensiles, depuis le
plus élémentaire jusqu'au plus compliqué... Mais
n'éteignez pas la bougie, elle nous sera commode
pour fumer; et puis j'aime assez, en hiver, à voir la
clarté solaire et la clarté artificielle des apparte-
tements lutter ensemble dans un pêle-mêle de tons
douteux et fantastiques... Tiens, la pendule sonne!
Vous l'avez donc remontée hier au soir?

— Certainement. Vous ne vous en étiez pas
aperçu?

—Je ne me suis aperçu de rien. Je dormais debout, ou je rêvais. J'ai peut-être rêvé même que
j'entrais ici et que je soupais! N'importe. Savez-vous
faire le thé?

— Non, mais le café dans la perfection.

— Eh bien, faites-le; je me charge du thé.

— Vous aimez cette boisson fade et mélancolique?

—Oui, en la coupant d'un bon tiers d'eau-de-vie
ou de vieux rhum.

— Alors, c'est différent. J'admire, monsieur le
docteur, que nous soyons servis ici comme nous le
serions à Paris ou à Londres.

— Eh bien, pourquoi pas? sommes-nous au bout
du monde? Nous n'avons que six heures de navigation pour être en Prusse, où l'on vit comme à Paris.

— Oui; mais au fond de cette province, à soixante
ou quatre-vingts lieues dans les terres, et dans un
pays si pauvre...

—Si pauvre! vous croyez qu'un pays est pauvre
parce qu'il est peu propre à la culture? Vous oubliez
que, chez nous, le dessous de la terre est plus riche
que le dessus, et que les mines de la Dalécarlie sont
le trésor de la Suède. Vous voyez que cette région,

qui touche à la Norvége, est médiocrement peuplée,
et vous en concluez qu'elle ne pouvait l'être davantage. Apprenez que, si l'État savait et pouvait s'y
mieux prendre, il y aurait dans nos richesses miné-
rales de quoi centupler la prospérité et le nombre
des habitants. Un jour, peut-être, tout ira mieux, si
nous pouvons nous tirer des griffes de l'Angleterre,
qui nous pressure de ses intrigues, et des tenailles
de la Russie, qui nous paralyse avec ses menaces.
En attendant, sachez, mon enfant, que, s'il y a des
pauvres sur la terre, ce n'est pas la faute de cette
généreuse terre du bon Dieu, tant calomniée par
l'ignorance, l'apathie ou les fausses notions des
hommes qui l'habitent. Ici, on se plaint de la rigueur de l'hiver et de la dureté du rocher; mais le
cœur de la terre est chaud ! Qu'on y descende, et
l'on trouvera partout, oui, partout, j'en réponds, le
précieux métal qui se ramifie sous nos pieds en
veines innombrables. Avec nos métaux, nous pourrions acheter toutes les recherches, tout le luxe,
toutes les productions de l'Europe, si nous avions
assez de bras pour amener nos richesses à la surface du sol. On se plaint de la terre, et ce sont toujours les bras qui manquent ! c'est bien plutôt elle
qui devrait se plaindre de nous !

— Dieu me préserve de médire de la Suède, cher

1.   12

monsieur Goefle ! Je dis seulement que de vastes es-
paces sont incultes et déserts, et que, la sobriété des
rares habitants aidant, le voyageur ne trouve chez
eux pour tout régal que du gruau et du lait, nourri-
ture saine à coup sûr, mais peu propre à enflammer
l'imagination et à retremper le caractère.

— Voilà encore où vous vous trompez complétement, mon cher ! Ce pays-ci est ce qu'on peut appeler la tête et le cœur de la Suède, une tête exaltée
pleine de poésies étranges et de rêves sublimes ou
gracieux, un cœur ardent, généreux, où bat la grosse
artère du patriotisme. Vous savez bien l'histoire de
ce pays ?

— Oui, oui ! Gustave Vasa , Gustave-Adolphe,
Charles XII, tous les héros de la Suède, ont trouvé
des hommes au fond de ces montagnes, alors que
le reste de la nation était asservi ou corrompu. C'est
de ce glorieux coin de terre, de cette Helvétie du
Nord, que sont sortis, dans toutes les grandes crises,
la foi, la volonté, le salut de la patrie.

— A la bonne heure ! Eh bien, convenez donc
que la bouillie d'avoine et la roche aride et glacée
peuvent engendrer et nourrir des poëtes et des
héros.

En parlant ainsi, le docteur en droit serra autour
de lui sa moelleuse douillette ouatée, et versa dans

son thé brûlant et bien sucré un demi-flacon de rhum de première qualité. Cristiano savourait un moka exquis, et tous deux se mirent à rire de leur enthousiasme pour le froid de la montagne et le gruau des chaumières.

— Ah ! dit M. Goefle en reprenant son sérieux, c'est que nous sommes des hommes dégénérés ! Il nous faut des excitants, des toniques, à nous autres ! C'est ce qui prouve que le plus habile et le plus haut famé d'entre nous ne vaut pas le dernier paysan de ces montagnes sauvages !... Mais voyez si cet animal d'Ulphilas nous apportera du tabac ! Ce garçon-là est une véritable brute !

Cristiano se mit encore à rire, et M. Goefle, voyant qu'il ne pouvait sans inconséquence faire l'éloge de la sobriété et de l'égalité en ce moment-là, prit le parti de s'apaiser en voyant le pot à tabac à côté de lui. Ulf l'avait apporté en vertu de sa précision mécanique, et n'avait pas su le lui dire, en raison de son manque absolu de spontanéité.

— Eh bien, voyons, dit M. Goefle en se renversant dans le fauteuil pour digérer commodément, tout en fumant une magnifique pipe turque dont il appuya la capsule sur une des saillies du poêle, tandis que Cristiano, tantôt debout, tantôt assis, tantôt à cheval sur sa chaise, fumait sa petite pipe de voyage

avec plus de hâte et moins de recueillement; voyons,
mon camarade problématique, racontez-moi, s'il se
peut, votre véridique histoire.

— La voici, dit Cristiano... Je me nomme, ou
du moins l'on me nomme *Cristiano del Lago.*

— Christian ou Chrétien du Lac? Pourquoi ce
nom romantique ?

— Ah voilà ! *chi lo sa?* comme on dit chez nous.
C'est tout un roman où il n'y a sans doute pas un
mot de vrai. Je vous le dirai tel qu'il m'a été raconté
à moi-même.

» Dans un pays que j'ignore, au bord d'un lac petit
ou grand, dont je n'ai jamais su le nom, une dame
laide ou belle, riche ou pauvre, noble ou roturière,
mit au monde, par suite d'un amour légitime ou
d'un accident regrettable, un enfant dont il était apparemment très-nécessaire de cacher l'existence.
A l'aide d'une corde et d'un panier (ce détail est
précis), cette dame ou sa confidente descendit le
pauvre nouveau-né dans un bateau qui se trouvait là
par hasard ou par suite d'une convention mystérieuse. Ce qu'il advint de la dame, nul n'a pu me le
dire, et où m'en serais-je enquis? Quant à l'enfant, il
fut porté fort secrètement je ne sais où et nourri je
ne sais comment jusqu'à l'âge de sevrage, époque à

laquelle il fut encore porté, je ne sais par qui, dans un autre pays...

— Je ne sais lequel ! dit en riant M. Goefle. Voilà des renseignements un peu vagues, et je serais fort embarrassé, avec cela, de vous faire gagner votre cause !

— Ma cause?

— Oui ; je suppose que vous plaidiez pour reconquérir votre nom, vos droits, votre héritage !

— Oh ! soyez tranquille, monsieur Goefle, reprit Cristiano, vous n'aurez jamais rien à plaider pour moi. Je ne suis pas atteint de la folie ordinaire des aventuriers à naissance mystérieuse, qui, tout au plus, veulent bien consentir à être fils de rois, et passent leur vie à chercher par le monde leur illustre famille, sans jamais se dire qu'ils lui seraient probablement plus incommodes qu'agréables. Quant à moi, si je suis par hasard de noble famille, je l'ignore et ne m'en soucie guère. Cette indifférence fut partagée ou plutôt me fut inspirée par mes parents adoptifs.

— Et qui furent vos parents adoptifs?

— Je n'ai connu et ne me rappelle ni ceux qui me reçurent de la fenêtre dans le bateau, ni ceux qui me mirent en nourrice, ni ceux qui me portèrent en Italie, toutes gens dont je ne saurais rien vous dire,

1. 12.

et qui peut-être étaient une seule et même famille,
ou une seule et même personne. Je n'ai connu pour
véritables parents adoptifs que le signor Goffredi,
antiquaire et professeur d'histoire ancienne à Pérouse, et son excellente femme Sofia Goffredi, que
j'ai aimée comme une mère.

— Mais d'où et de qui ces braves Goffredi vous te-
naient-ils en dépôt? Ils ont dû vous le dire...

— Ils ne l'ont jamais su. Ils possédaient une petite fortune, et, n'ayant pas d'enfants, il avaient plusieurs fois manifesté l'intention d'adopter un pauvre petit orphelin. Un soir de carnaval, un homme
masqué se présenta devant eux et tira de dessous
son manteau l'individu qui a l'honneur de vous
parler, lequel ne se souvient pas le moins du monde
de l'aventure et ne put rien expliquer, vu qu'il
parlait une langue que personne ne pouvait comprendre.

— Mais, dit l'avocat, qui écoutait ce récit avec
l'attention qu'il eût apportée à examiner une cause
judiciaire, quelles paroles prononça l'homme masqué en vous présentant au professeur Goffredi et à
sa femme?

— Les voici telles qu'on me les a rapportées : « Je
viens de loin, de très-loin ! Je suis pauvre, j'ai été
forcé de dépenser en route une partie de l'argent qui

m'avait été confié avec cet enfant. J'ai cru devoir le faire, ayant reçu l'ordre de le conduire loin, très-loin de son pays et du mien. Voici le reste de la somme. J'ai appris que vous cherchiez un enfant, et je sais que vous le rendrez heureux et instruit. Voulez-vous prendre ce pauvre orphelin ? »

— Le professeur accepta ?

— Il accepta l'enfant et refusa l'argent. « Si je cherche un enfant à élever, dit-il, c'est pour lui faire du bien et non pour qu'il m'en fasse. »

— Et il n'eut pas la curiosité de s'informer... ?

— Il ne put s'informer que d'une chose, à savoir si personne ne viendrait lui réclamer l'enfant, parce qu'il le voulait *bien à lui*, et ne se souciait pas de s'y attacher pour se le voir enlever un jour ou l'autre. L'inconnu jura que jamais personne ne me réclamerait, et la preuve, dit-il, c'est que je l'ai amené de plus de cinq cents lieues d'ici, afin que toute trace de lui fût à jamais perdue. L'enfant, dit-il, courrait les plus grands dangers, même ici peut-être, si l'on pouvait savoir où il est. Ne me faites donc pas de questions, je ne vous répondrais pas.

» Et il insista pour que l'on prît la petite somme, qui se montait à une valeur de deux à trois cents sequins.

— En monnaie d'Italie ?

— En monnaie d'or étrangère, mais de différents
pays, comme si l'inconnu eût traversé toute l'Europe et pris soin de réaliser la somme avec toute
sorte de pièces, afin de dérouter les recherches et
les suppositions.

» On lui objecta qu'il était pauvre; il l'avait dit, et
tout son extérieur l'annonçait. On trouvait juste qu'il
fût indemnisé d'une longue route et de la peine
qu'il avait prise d'exécuter ponctuellement les ordres relatifs à mon éloignement; mais il refusa cette
offre avec une obstination austère. Il disparut très-
brusquement, disant, pour se soustraire aux questions, qu'il reviendrait le lendemain. Cependant il
ne revint pas; on ne l'a jamais revu, on n'a jamais
entendu parler de lui, et je restai ainsi confié, ou,
pour mieux dire, abandonné, grâce au ciel, aux soins
de M. et madame Goffredi.

— Mais l'histoire du lac, de la fenêtre et du bateau, où diable l'avez-vous prise?

— Attendez! Quand j'eus cinq ou six ans (je pa-
raissais en avoir quatre ou cinq quand je fis mon
entrée à Pérouse sous le manteau de l'homme masqué), je fis une chute, et l'on me crut tué. C'était
peu de chose; mais, parmi les amis de ma famille
adoptive qui venaient s'informer de moi, il se glissa
un petit juif, baptisé ou non, qui faisait commerce

d'objets d'art et d'antiquailles avec les étrangers, et qui était fixé à Pérouse. Mes parents n'aimaient pas ce juif parce qu'il était juif, et qu'on a, en Italie comme ici, de grandes préventions contre cette race. Il s'informa de moi avec sollicitude et demanda même à me voir pour s'assurer de mon état.

» Un an plus tard, comme nous avions passé l'été à la campagne, il vint, dès notre retour en ville, s'informer encore de moi et voir par ses yeux si j'avais grandi et si j'étais bien portant. On s'étonna alors tout à fait, et on lui demanda quelle sorte d'intérêt il me portait, en le menaçant de lui fermer la porte s'il ne donnait une explication satisfaisante de sa conduite, car on m'aimait déjà, et on craignait que je ne fusse enlevé par ce juif. Il avoua alors ou inventa de dire qu'il avait par hasard donné asile à l'homme masqué le jour où il m'avait apporté dans la ville, et qu'il lui avait arraché diverses confidences relatives à moi. Ces confidences vagues, invraisemblables et ne menant à rien, sont celles que je vous ai dites au commencement de mon histoire, et auxquelles il n'y a pas lieu probablement d'accorder la moindre créance. Ma mère adoptive ne fit que s'en amuser ; mais, trouvant dans l'aventure quelque chose de romanesque, elle me donna le surnom de *del Lago*, qui est devenu pendant longtemps mon nom véritable.

— Mais le nom de baptême Christian, Christin, Christiern, Chrétien ou Cristiano, qui vous l'avait donné ?

— L'homme masqué, sans en ajouter aucun autre.

— Parlait-il italien, cet homme ?

— Mal, et la peine qu'il avait eue à s'expliquer n'avait pas peu contribué au mystère qui m'enveloppait.

— Mais quel accent avait-il ?

— Le professeur Goffredi ne s'était jamais occupé que de langues mortes ; sa femme, très-instruite aussi, connaissait beaucoup de langues vivantes : pourtant il lui fut impossible de dire à quelle nationalité on devait attribuer l'accent de l'homme masqué.

— Et le petit juif, qu'en pensait-il ?

— S'il en pensait quelque chose, il ne l'a jamais voulu dire.

— Vos parents étaient bien certains qu'il n'avait pas joué lui-même le rôle de l'homme masqué ?

— Très-certains. L'homme masqué était d'une taille ordinaire, et le juif n'avait pas cinq pieds de haut. La voix, l'accent, n'avaient rien d'analogue.

Je vois, monsieur Goefle, que, comme mes pauvres
Goffredi, vous vous posez toute sorte de questions
sur mon compte ; mais qu'importe la solution, je
vous le demande ?

— Oui, au fait, qu'importe ? répondit M. Goefle.
Vous ne valez peut-être pas la peine que je me donne
depuis une heure pour vous faire retrouver votre famille. Allons, c'est une préoccupation qui tient aux
habitudes de ma profession ; n'en parlons plus,
d'autant que, dans tout ce que vous m'avez dit, il n'y
a pas le moindre fait précis sur lequel on pût baser
un échafaudage de déductions savantes et ingénieuses. Pourtant, attendez. Que fit-on de la somme apportée par l'homme masqué ?

— Mes braves parents, s'imaginant que ce pouvait
être le prix d'un rapt, d'un crime quelconque, et
jugeant que cela ne pouvait me porter bonheur,
s'empressèrent de déposer toutes ces pièces étrangères dans le tronc des pauvres de la cathédrale de
Pérouse.

— Mais vous parliez déjà, vous l'avez dit, une langue quelconque quand vous fûtes amené là ?

— Sans doute ; mais je l'oubliai vite, n'ayant plus
personne à qui la parler. Je sais seulement qu'à un
an de là, un savant allemand, qui était en visite chez
nous, chercha à éclaircir le mystère. J'eus beaucoup

de peine à retrouver quelques mots de mon ancienne
langue. Le linguiste déclara que c'était un dialecte
du Nord et quelque chose qui ressemblait à de l'islandais ; mais ma chevelure noire démentait un peu
cette version. On renonça à savoir la vérité. Le désir
de ma mère adoptive était de me faire perdre tout
souvenir d'une autre partie et d'une autre famille.
Vous pensez bien qu'elle n'eut pas de peine à y parvenir.

— Encore une question, dit M. Goefle. Je ne
m'intéresse à un récit qu'autant que j'en saisis bien
le point de départ. Ces souvenirs, qui s'effacèrent
naturellement, et que, d'ailleurs, on s'efforça de
vous faire perdre, il ne vous en reste absolument
rien ?

— Il m'en reste quelque chose de si vague, que
je ne saurais le distinguer d'un rêve. Je crois voir un
pays bizarre, sauvage, plus grandiose encore que
celui-ci.

— Un pays froid ?

— Cela, je n'en sais rien. Les enfants ne sentent
guère le froid, et je n'ai jamais été frileux.

— Et quoi encore dans votre rêve ? Du soleil ou de
la neige ?

— Je ne sais. De grands arbres, des troupeaux,
des vaches peut-être.

— De grands arbres, ce n'est pas l'Islande. Et du voyage qui vous amena en Italie, que vous est-il resté?

— Absolument rien. Je crois que mon compagnon ou mes compagnons m'étaient inconnus au départ.

— Alors continuez votre histoire.

— C'est-à-dire que je vais la commencer, monsieur Goefle; car, jusqu'ici, je n'ai pu vous parler que des circonstances mystérieuses dont, comme disent les poëtes, *mon berceau* fut environné. Je vais prendre le récit de ma vie au premier souvenir bien net qui m'ait frappé; ce souvenir, n'en soyez point scandalisé, monsieur Goefle, c'est celui d'un âne.

— D'un âne!... Quadrupède ou bipède?

— D'un véritable âne à quatre pieds, d'un âne en chair et en os; c'était la monture favorite de la bonne Sofia Goffredi, et il s'appelait *Nino,* diminutif de Giovanni. Or, cet âne me fut si cher, que j'ai donné à celui qui me sert maintenant pour porter mon bagage le nom de *Jean,* en souvenir de celui qui fit les délices de ma première enfance.

— Ah! ah! vous avez un âne?... C'est donc celui qui m'a rendu visite hier au soir?

— Et c'est donc vous qui l'avez fait mettre à l'écurie?

1. 13

— Précisément, Il paraît que vous aimez les ânes?

— Fraternellement... Aussi je pense, depuis un quart d'heure, que le mien n'a peut-être pas déjeuné... Ulf en aura eu peur; il l'a peut-être chassé du château. L'infortuné erre peut-être en ce moment dans la glace et la neige, faisant retentir de sa voix plaintive les insensibles échos! Je vous demande pardon, monsieur Goefle, mais il faut que je vous quitte un moment pour m'enquérir du sort de mon âne.

— Drôle de corps! répondit M. Goefle. Eh bien, allez vite, et en même temps vous donnerez un coup d'œil à mon cheval, qui vaut bien votre âne, soit dit sans vous offenser; mais est-ce que vous allez courir comme ça à l'écurie avec mon habit de soirée et mes bas de soie?

— J'aurai si tôt fait!

— Du tout, du tout, mon garçon; d'ailleurs, vous attraperiez du mal. Prenez mes bottes fourrées et ma pelisse; allez vite, et revenez de même.

Cristiano obéit avec reconnaissance, et trouva Jean de fort bonne humeur, toussant moins que la veille, et mangeant bien en compagnie de Loki, qu'Ulf venait de ramener du château neuf.

Ulf regardait l'âne avec stupeur; il commençait à

se dégriser un peu et à soupçonner que l'animal
tranquillement pansé par lui le matin n'était peut-
être pas un cheval. Cristiano, qui avait appris la
veille, en faisant la récolte de son souper, à quel poltron superstitieux il avait affaire, lui fit, en italien,
avec des gestes menaçants, des yeux terribles et une
pantomime bizarre, les plus fantastiques menaces
dans le cas où il ne respecterait pas son âne comme
une divinité mythologique. Ulf, épouvanté, se retira
en silence après avoir salué l'âne et son maître, le
cerveau plein de réflexions qui ne pouvaient aboutir,
et que les spiritueux du soir devaient résoudre en
terreurs nouvelles et en imaginations de plus en plus
étranges.

— Or donc, dit Cristiano en reprenant sa pipe, son
récit et la chaise qu'il chevauchait dans la salle de
l'ourse, l'âne de madame Goffredi fut mon premier
ami. Je crois que nul âne au monde, pas même le
mien, n'eut jamais de si belles oreilles et une si
agréable démarche. Ah! monsieur Goefle, c'est que,
la première fois que cette paisible allure et ces deux
longues oreilles éveillèrent le sens de l'attention
dans ma cervelle engourdie, je fus en même temps
instinctivement frappé d'un des plus beaux spectacles de l'univers. C'était au bord d'un lac : les lacs,
vous le voyez, jouent un rôle important dans ma

vie; mais quel lac, monsieur! le lac de Pérouse, autrement dit de Trasimène! Vous n'avez jamais été en
Italie, monsieur Goefle?

— Non, à mon grand regret; mais, en fait de lacs,
nous en avons en Suède auprès desquels vos lacs ita-
liens ressembleraient à des cuvettes.

— Je ne dis pas de mal de vos lacs; j'en ai vu déjà
plusieurs. Ils sont beaux probablement en été. En
hiver, avec leurs *mjelgars* (c'est ainsi, n'est-ce pas?
que vous appelez ces immenses éboulements sablon-
neux qui arrivent sur le rivage avec leurs arbres
verts, leurs rochers et leurs bizarres déchirures), je
conviens qu'ils sont encore très-extraordinaires. Le
givre et la glace qui enchaînent toutes ces formes
étranges, et qui, du moindre brin d'herbe, font une
guirlande de diamants; ces inextricables réseaux de
ronces que l'on prendrait pour de savants et immenses ouvrages en verre filé; ce beau soleil rouge
sur tout cela; ces cimes déchiquetées là-haut qui
brillent comme des aiguilles de saphir sur la pour-
pre du matin.... oui, je reconnais que cette nature
est grandiose, et que ce que je vois de cette fenêtre
est un tableau qui m'éblouit; mais il m'éblouit, monsieur, et c'est là toute la critique que j'en veux faire.
Il m'exalte, il m'élève au-dessus de moi-même...
C'est beaucoup sans doute que l'enthousiasme; mais

est-ce là toute la vie? L'homme n'a-t-il pas un immense besoin de repos, de contemplation sans effort, et de cette rêverie molle et délicieuse que nous appelons chez nous le *far niente*? Or, c'est là-bas, sur le Trasimène, qu'on se sent magnifiquement végéter. C'est là que j'ai poussé tout tranquillement et sans crise violente, moi, fétu transporté de je ne sais quelle région inconnue sur ces rives bénies du soleil, sous le clair ombrage des vieux oliviers, et comme baigné incessamment dans un fluide d'or chaud !

« Nous avions (hélas ! je dis *nous!*) une petite maison de campagne, une *villetta*, sur le bord d'un ruisseau appelé le *Sanguineto*, ou *ruisseau de Sang*, en souvenir, dit-on, du sang versé et ruisselant par la campagne à la fameuse bataille de Trasimène. Nous passions là toute la belle saison dans une oasis de délices champêtres. Les ruisseaux ne charrient plus de cadavres, et les ondes du Sanguineto sont limpides comme le cristal. Pourtant mon brave père adoptif était absorbé par l'unique préoccupation de rechercher des ossements, des médailles et des débris d'armure, que l'on trouve encore en grande quantité, dans l'herbe et les fleurs, sur les rives du lac. Sa femme, qui l'adorait (et elle avait bien raison), l'accompagnait partout, et moi, le gros garçon insouciant, que l'on daignait adorer aussi, je me roulais

dans le sable tiède, où je rêvais, balancé par le pas
régulier de *Nino*, sur les genoux de mon aimable
mère.

» Peu à peu, je vis et compris la splendeur des
jours et des nuits dans cette douce contrée. Ce lac
est immense, non qu'il soit aussi étendu que le
moindre des vôtres, mais parce que la grandeur
n'est pas la dimension. La coupe de ses lignes est si
vaste et son atmosphère si moelleuse à l'œil, que ses
profondeurs lumineuses donnent l'idée de l'infini. Je
ne puis me rappeler sans émotion certains levers et
certains couchers de soleil sur ce miroir uni où se
reflétaient des pointes de terre chargées de gros arbres arrondis et puissants, et les îlots lointains,
blancs comme l'albâtre au sein des ondes rosées. Et
la nuit, quelles myriades d'étoiles tremblotaient,
sans confusion et sans secousses, dans ces eaux tranquilles ! quelles vapeurs suaves rampaient sur les
collines argentées, et quelles mystérieuses harmo-
nies couraient discrètement le long de la rive avec
le faible remous de cette grande masse d'eau qui
semblait craindre de troubler le sommeil des fleurs !
Chez vous, convenez-en, monsieur Goefle, la nature
est violente, même dans son repos d'hiver. Tout dans
vos montagnes porte la trace des cataclysmes perpé-
tuels du printemps et de l'automne. Là-bas, toute

terre est sûre de conserver longtemps sa forme, et toute plante de mûrir dans le sol où elle a pris naissance. On y respire en quelque sorte avec l'air la douceur des instincts, et l'éternel bien-être de la nature s'insinue dans l'âme sans la confondre et sans l'ébranler.

— Vous avez la corde poétique, c'est fort bien vu, dit M. Goefle; mais les habitants de ces beaux climats ne sont-ils pas malpropres, paresseux et volontairement misérables?

— Dans toute misère, il y a moitié de la faute des gouvernants et moitié de celle des gouvernés; le mal n'est jamais d'un seul côté. C'est ce qui fait, je crois, que le bien ne se fait pas; mais, dans ces beaux climats, la misère engendrée par la paresse trouve son excuse dans la volupté de la vie contemplative. J'ai vivement senti, dès mon adolescence, le charme enivrant de cette nature méridionale, et je l'appréciais d'autant plus que je sentais aussi en moi des accès d'activité fiévreuse, comme si, en effet, je fusse né à cinq cents lieues de là, dans les pays froids, où l'esprit commande davantage à la matière.

—Donc, vous n'étiez pas précisément paresseux?

— Je crois que je ne l'étais pas du tout ; car mes parents me voulaient savant, et, par affection pour

eux, je faisais de grands efforts pour m'instruire.
Seulement, je me sentais porté vers les sciences naturelles, en même temps que vers les arts et la philosophie, bien plus que vers les recherches ardues et
minutieuses de mon savant Goffredi. Je trouvais ses
études un peu oiseuses, et ne pouvais me livrer
comme lui à une joie délirante, quand nous avions
réussi à déterminer l'emploi d'une borne antique et
à déchiffrer le sens d'une inscription étrusque. Il me
laissa, du reste, parfaitement libre de suivre l'impul-
sion de mes aptitudes, et me fit la plus douce existence qu'il soit possible d'imaginer. Je dois entrer
ici dans quelques détails sur cette époque de ma vie
où, de l'enfance à la jeunesse, je sentis s'éveiller en
moi les facultés de l'âme.

» Pérouse est une ville universitaire et poétique,
une des belles et doctes cités de la vieille Italie. On
peut y devenir à volonté savant ou artiste. Elle est
riche en antiquités et en monuments de toutes les
époques ; elle a de belles bibliothèques, une acadé-
mie des beaux-arts, des collections, etc. La ville est
belle et pittoresque ; elle compte plus de cent églises
et cinquante monastères, tous riches en tableaux,
manuscrits, etc. La place du Dôme est remarquable;
c'est là qu'en face d'une riche cathédrale gothique,
d'une fontaine de Jean de Pise, qui est un chef-

d'œuvre, et d'autres monuments de diverses époques, se dresse un grand palais dans le style vénitien.
C'est un étrange et fier monument du xiiie ou xive
siècle, d'une couleur rouge sombre, enjolivé de
noirs ornements de fer, et percé avec cette irrégularité fantasque très-méprisée depuis les lignes cor-
rectes et la pureté de goût de la renaissance.

» J'aimais de passion la dramatique physionomie
de ce vieux palais, que M. Goffredi dédaignait comme
appartenant à un âge de barbarie ; il n'estimait que
l'antique et les siècles nouveaux qui se sont inspirés
de l'antique. Moi, je vous confesserai tout simplement l'immense ennui que tous ces chefs-d'œuvre de
même famille, anciens et modernes, firent parfois
planer sur mes sentiments d'admiration. Ce parti
pris de l'Italie de se recommencer elle-même et de
rejeter les époques où son individualité s'est fait
jour, entre l'absolutisme des empereurs et celui des
papes, est tellement consacré dans l'opinion, que
l'on y passe pour un Vandale, si on se permet d'avoir
quelquefois de la perfection par-dessus les oreilles *.

» J'étais naïf et spontané ; je me fis bien des fois

_____

* Cela est encore vrai pour beaucoup de gens. Au siècle dernier et au commencement de celui-ci, on avait pour les œuvres
du moyen âge un mépris général.

rembarrer avec mon amour pour tout ce que l'on appelait indistinctement le *gotico,* c'est-à-dire pour tout ce qui n'était pas du siècle de Périclès, d'Auguste ou de Raphaël. C'est même tout au plus si mon père adoptif consentait à admirer le dernier. Il ne s'enthousiasmait que pour les ruines de Rome, et, lorsqu'il m'y eut conduit, il fut surpris et scandalisé de m'entendre dire que je ne voyais rien là qui pût me faire oublier cette royale fantaisie et ce groupe théâtral de notre *piazza del Duomo,* avec son grand palais rouge et noir, son assemblage de splendeurs variées, et ses petites ruelles tortueuses qui se précipitent tout à coup, d'un air de mystère un peu tragique, sous de sombres arcades.

» J'avais alors quinze ou seize ans, et je commençais à pouvoir expliquer mes goûts et mes idées. Je sus exposer à *mon père* comme quoi je sentais en moi des instincts d'indépendance absolue en matière de goût et de sentiment. J'éprouvais le besoin d'étendre mon admiration ou ma jouissance intellectuelle à tous les élans du génie ou de l'invention de l'homme, et il m'était impossible d'emprisonner ma sensation dans un système, dans une époque, dans une école. Il me fallait, en un mot, la liberté d'adorer l'univers, Dieu et l'étincelle divine donnée à l'homme, dans tous les ouvrages de l'art et de la nature.

» Ainsi, lui disais-je, j'aime le beau soleil et la
sombre nuit, notre austère Pérugin et le fougueux
Michel-Ange, les puissantes substructions romaines
et les délicates découpures sarrasines. J'aime notre
paisible lac de Trasimène et la foudroyante cataracte
de Terni. J'aime vos chers étrusques et tous vos sublimes anciens; mais j'aime aussi les cathédrales
gréco-arabes, et, tout autant que la fontaine monu-
mentale de Trevi, le filet d'eau qui court entre deux
roches au fond de quelque solitude champêtre.
Chaque chose nouvelle me paraît digne d'intérêt et
d'attention, et toute chose m'est chère qui s'empare
de mon cœur ou de ma pensée à un moment donné.
Ainsi porté à me livrer à tout ce qui est beau et sublime, ou seulement agréable et charmant, je me
sens effrayé des exigences d'un culte exclusif pour
certaines formes du beau.

» Si vous trouvez cependant, lui disais-je encore,
que je suis sur une mauvaise pente, et que ce besoin
de développement dans tous les sens soit un dérègle-
ment dangereux, je tâcherai de tout réprimer et de
m'absorder dans l'étude que vous me choisirez.
Avant tout, je veux être ce que vous souhaitez que
je sois; mais vous, mon père, avant de me couper
les ailes, examinez un peu s'il n'y a rien dans tout
ce vain plumage qui mérite d'être conservé.

» M. Goffredi, quoique très-exclusif dans ses études, était, quant au caractère, la plus généreuse nature que j'aie jamais rencontrée. Il réfléchit beaucoup sur mon compte, il consulta beaucoup la divine sensibilité de sa femme. Sofia Goffredi était ce qu'en Italie on appelle une *letterata,* non pas une femme de lettres, comme on l'entend en France, mais une femme lettrée, charmante, inspirée, érudite et simple. Elle m'aimait si tendrement, qu'elle croyait voir en moi un prodige ; à eux deux, ces excellents êtres décrétèrent qu'il fallait respecter mes tendances et ne pas éteindre ma flamme avant de savoir si c'était feu sacré ou feu de paille.

» Ce qui leur donna confiance en moi, c'est que cette disposition à laisser couler dans tous les sens ma source intellectuelle ne provenait pas d'une inconstance du cœur. J'aimais tous mes semblables avec candeur, mais je ne songeais pas à répandre ma vie au dehors. J'étais exclusivement attaché à ces deux êtres qui m'avaient adopté et que je préférais à tout. Leur société était mon plus grand, je pourrais dire mon unique plaisir en dehors des études variées qui me captivaient.

» Il fut donc décidé que mon âme m'appartenait, puisque c'était, à tout prendre, une assez bonne âme, et on ne m'imposa pas l'instruction universitaire dans toute sa rigueur. On me laissa chercher ma voie et donner libre carrière à l'énorme facilité dont j'étais doué. Fut-ce un tort? Je ne le crois pas. Il est bien vrai que l'on eût pu me doter d'une spécialité qu'im'eût casé pour toujours dans un coin de l'art ou de la science, et que je n'eusse pas connu ·la misère ; mais de combien de plaisirs intellectuels ne m'eût-on point privé ! Et puis qui sait si les idées positives et mes propres intérêts, bien définis à mes propres yeux, n'eussent pas desséché la religion de mon cœur et de ma conscience ? Vous verrez tout à l'heure que Sofia Goffredi n'eut point lieu de regretter de m'avoir laissé être moi-même.

» Je m'étais persuadé d'abord que j'étais né littérateur. Sofia m'enseignait à faire des vers et de la prose, et, encore enfant, j'inventais des romans et rimais des comédies, que notre entourage admirait naïvement. J'eusse pu devenir très-vain, car j'étais excessivement gâté par tous ceux qui venaient chez nous ; mais ma Sofia me disait souvent que, le jour où l'on est satisfait de soi-même, on ne fait plus un seul progrès, et ce simple avertissement me préserva de la sottise de m'admirer. Je vis, d'ailleurs, bientôt que, pour être littérateur, il fallait savoir beaucoup de choses ou nager dans le vide des phrases. Je lus énormément ; mais il arriva que, tout en m'instrui-

sant dans l'histoire et dans les choses de la nature,
je me perdis entièrement de vue, et, au lieu de bu-
tiner comme l'abeille pour faire du miel et de la cire,
je m'envolai dans l'immensité des connaissances humaines pour le seul plaisir de connaître et de comprendre.

» C'est alors que je sentis de grands élans vers les
sciences naturelles, et que ma prédilection pour cet
emploi de ma vie s'établit dans mon cerveau comme
une vocation mieux déterminée que la première.
A cette ardeur de comprendre se joignit celle de
voir, et je puis dire que deux hommes s'éveillaient
en moi, l'un qui voulait découvrir les secrets de la
création par amour pour la science, c'est-à-dire pour
ses semblables, l'autre qui voulait savourer en poëte,
c'est-à-dire un peu pour lui-même, les beautés variées de la création.

» De ce moment, je m'épris de l'idée des lointains
voyages. En m'absorbant dans les collections et les
musées de Pérouse, je rêvais les antipodes, et la vue
d'une petite pierre ou d'une petite fleur desséchée
me transportait en imagination au sommet de grandes montagnes et au delà des grandes mers. J'avais
soif aussi de voir les grandes villes, les centres de
lumière, les savants de mon époque, les collections
étendues et précieuses. Sofia Goffredi m'avait ensei-

gné le français, l'allemand et un peu d'espagnol. Je
sentais la nécessité d'apprendre les langues du Nord
et de n'être un étranger nulle part en Europe. J'appris l'anglais, le hollandais, le suédois surtout, avec
une très-grande rapidité. Ma prononciation était dé-
fectueuse, ou plutôt elle était nulle. Je m'abstenais de
chercher la musique des langues que je ne pouvais
entendre parler, comptant sur la justesse de mon
oreille et sur la facilité naturelle que j'ai d'imiter les
divers accents pour me mettre vite au courant de
la pratique quand besoin serait. L'événement n'a pas
démenti mes espérances. Il ne me faut pas plus de
quinze jours pour parler sans accent une langue que
j'ai apprise seul avec mes livres.

» En même temps que j'apprenais les langues,
j'apprenais aussi le dessin et un peu de peinture,
pour être à même de fixer, par quelques études de
ce genre, mes souvenirs de voyage, les sites, les
hautes plantes, les costumes, les monuments, tout
ce qui ne peut être emporté que dans l'esprit quand
la main est inhabile et contrarie le sentiment intérieur. Et puis je lisais aussi les bons écrivains, afin
de m'exercer à rédiger clairement et rapidement ;
car j'étais souvent choqué du style obscur et confus
des livres de voyage : si bien, monsieur Goefle, qu'à
dix-huit ans j'étais tout préparé à devenir, sinon un

savant, du moins un homme utile par son savoir, son
activité, son aptitude au travail et ses facultés d'ob-
servation. Ce fut là le plus beau temps de ma vie, le
mieux employé, le plus pur et le plus doux. Ah ! s'il
avait pû durer quelques années de plus, je serais un
autre homme !

» M. Goffredi, qui, plongé dans ses recherches
d'antiquaire, ne s'occupait pas directement de mon
éducation, mais qui, de temps en temps, me faisait
récapituler mes études et m'observait alors avec
soin, prit confiance entière dans mon jugement,
quand il se fut assuré que je ne perdais pas trop mon
temps et ma peine. Il avait d'abord voulu me dé-
tourner d'embrasser trop de choses ; mais, voyant
que mes notions diverses se plaçaient sans trop de
confusion dans ma cervelle, il se mit à rêver pour
moi et avec moi tout ce que je rêvais. Lui-même
avait voyagé avant son mariage, et il projetait une
nouvelle tournée archéologique vers des points qu'il
n'avait pas explorés. Il nourrissait ce projet surtout
depuis un petit héritage qu'il avait fait récemment,
et qui lui permettait de renoncer à son emploi de
professeur à l'université. Il travaillait depuis dix ans
à un ouvrage qu'il ne pouvait compléter sans voir le
littoral de l'Afrique et certaines îles de la Grèce. Il
faut vous dire qu'il avait le travail pénible et lent,

faute d'un style clair et peut-être aussi d'une certaine netteté d'esprit dans l'exposé de ses ingénieuses
déductions. C'était un génie à qui le talent manquait.

» Il fut satisfait de la manière dont je rédigeai
quelques pages de son travail, et résolut de m'emmener, afin de me mettre à même d'écrire son ouvrage au retour. Je faillis devenir fou de joie, quand
il me fit part de cette détermination ; mais ma joie
se changea en tristesse à l'idée de laisser seule ma
mère adoptive, cette adorable femme qui ne vivait
que pour nous, et je demandai à rester avec elle.

» Elle m'en sut gré ; mais elle trouva moyen de
nous contenter tous les trois en offrant de venir avec
nous, et la proposition fut accueillie avec enthousiasme. On fit donc les préparatifs du départ comme
ceux d'une fête. Hélas ! tout nous souriait ! *La Sofia*
(vous savez que, chez nous, *le* ou *la* est un superlatif
d'admiration et non un terme de mépris) avait l'habitude des longues courses. A la campagne, elle nous
suivait partout. Active, courageuse, exaltée, elle ne
fut jamais pour nous un embarras. Si nous nous sen-
tions quelquefois las et abattus, elle relevait nos esprits et nous charmait par la gaieté ou l'énergie de
son caractère. Elle était encore jeune et forte, et sa
laideur disparaissait derrière son angélique sourire

de tendresse et de bonté. Son mari la chérissait avec enthousiasme, et, quant à elle, il lui était impossible d'admettre que Silvio Goffredi ne fût pas un demi-dieu, en dépit de sa maigreur, de son dos prématurément voûté et de ses distractions fabuleuses. Quelle âme pure et généreuse, d'ailleurs, dans ce corps fragile et sous ces dehors irrésolus et timides ! Son désintéressement était admirable. Le travail auquel il sacrifiait son emploi et ses habitudes en était la preuve. Il savait bien que de tels ouvrages coûtent plus qu'ils ne rapportent, en Italie surtout, et il ne comptait pas sur le sien pour augmenter sa fortune ; mais c'était sa gloire, le but et le rêve de toute sa vie.

» Ma pauvre mère était la plus impatiente de partir. Elle sentait une confiance absolue dans la destinée. Il fut décidé que nous commencerions par visiter les îles de l'Archipel.

» Permettez-moi de passer rapidement sur ce qui va suivre ; le souvenir en est déchirant pour moi. En traversant une partie de l'Apennin à pied, mon pauvre père se heurta contre un rocher et se blessa légèrement à la jambe. Malgré nos supplications, il négligea la plaie et continua de marcher les jours suivants. Il faisait une chaleur écrasante. Quand nous arrivâmes au bord de l'Adriatique, où nous devions nous embarquer, il fut forcé de prendre quelques

jours de repos, et nous obtînmes qu'il se laissât visiter par un chirurgien. Quelle fut notre épouvante
lorsque la gangrène fut constatée ! Nous étions dans
un village, loin de tout secours intelligent. Ce chirurgien de campagne, qui ressemblait à une sorte de
barbier, parlait tranquillement de couper la jambe.
L'eût-il sauvé ou tué plus vite ? En proie à d'hor-
ribles perplexités, ma mère et moi, nous ne savions
que résoudre. Mon père, avec un courage héroïque,
demandait l'amputation, et prétendait faire le tour
du monde avec une jambe de bois. Nous n'osions le
livrer au scalpel d'un boucher. Je pris le parti de
courir à Venise : nous n'en étions qu'à cinquante
lieues. Je pris un cheval que je laissai fourbu le soir,
pour en acheter un autre à la hâte et continuer ma
course. J'arrivai rompu, mais vivant. Je m'adressai
à un des premiers hommes de l'art ; je le décidai à
me suivre, offrant tout ce que possédait la Sofia.
Nous prîmes une chaloupe pour descendre le littoral. Nous arrivâmes avec une célérité qui me remplissait d'espoir et de joie. Hélas ! monsieur, je vi-
vrais mille ans que le souvenir de ce jour affreux me
serait, je crois, aussi amer qu'aujourd'hui ? Je trouvai Silvio Goffredi mort, et Sofia Goffredi folle !

— Pauvre garçon ! dit M. Goefle en voyant un ruisseau de grosses larmes jaillir des yeux de Cristiano.

— Allons ! allons ! dit celui-ci en les essuyant à la hâte, on ne devrait pas se laisser surprendre par ces émotions-là ; c'est la preuve qu'on les chasse un peu trop de sa pensée, et elles s'en vengent tout d'un coup en reprenant leurs droits.

» L'habile médecin que j'avais amené ne put guérir ma mère, ni même me donner l'espoir qu'elle guérirait. Seulement, il étudia la nature de son délire et m'enseigna le moyen d'empêcher les crises de fureur. Il fallait satisfaire tous ses désirs pour peu qu'ils eussent une apparence de raison, et, quant aux autres, il fallait tâcher de prendre sur elle l'ascendant et même l'autorité qu'un père exerce sur son enfant.

» Je la ramenai à Pérouse avec le corps de notre pauvre ami, que nous fîmes embaumer afin de le porter dans le mausolée que sa femme rêvait pour lui au bord du lac de Trasimène. Ce que je souffris dans mon cœur pour ramener ainsi mon père mort et ma mère folle dans ce pays que nous avions quitté si gaiement, il n'y avait pas trois semaines, est impossible à dire. Au départ, Sofia riait et chantait tout le long du chemin ; au retour, elle riait et chantait encore, mais de quel air lugubre et de quelle voix déchirante ! Il me fallait la conduire, la raisonner, l'amuser et la persuader comme un enfant, cette femme si intelligente et si forte, que la veille encore je regardais comme mon guide et mon appui ; car j'avais à peine dix-neuf ans, moi, monsieur Goefle !

» Quand les restes de Silvio Goffredi furent déposés dans la tombe, sa veuve fut calme, et l'on pourrait même dire que, dans ce calme excessif et subit, se manifesta l'accomplissement de sa funeste destinée. Je perdis tout espoir en reconnaissant qu'elle était devenue, pour ainsi dire, étrangère à elle-même. Une seule idée l'absorbait, c'était le monument qu'elle voulait faire élever à son cher Silvio. Dès lors il ne fallut lui parler ni l'occuper d'autre chose. Toute espèce de travail pour mon compte me devint impossible, car elle ne dormait pas et me laissait à peine le temps de dormir quelques heures, je ne dirai pas chaque jour, mais chaque semaine. Il ne fallait pas songer à la confier un seul instant à d'autres soins que les miens. Avec tout autre que moi, elle s'irritait et tombait dans des crises épouvantables ; avec moi, elle n'eut pas un seul accès de fureur ou de désespoir. Elle m'entretenait sans cesse non de son mari, il semblait qu'elle n'en eût pas conservé le moindre souvenir particulier, et qu'il fût devenu pour elle un être de raison qu'elle n'avait jamais vu, mais de l'épitaphe, des emblèmes, des statues dont elle voulait décorer sa tombe.

» Elle me fit bien dessiner deux ou trois milliers
de projets ; le dernier lui plaisait toujours pendant
une ou deux heures; après quoi, il fallait tout changer
comme indigne de la mémoire du *mage*, c'est ainsi
qu'elle appelait son cher défunt. Aucun emblème ne
répondait à ses idées abstraites et confuses : absorbée
dans de profondes méditations, elle venait m'ôter
des mains le crayon qu'elle m'y avait mis, et me faisait recommencer, sous prétexte de modification légère, un sujet tout opposé. Vous pensez bien que, la
plupart du temps, ces sujets étaient irréalisables, et
ne présentaient aucun sens. Comme elle s'inquiétait
et s'agitait quand j'y changeais quelque chose, je pris
le parti de lui obéir consciencieusement. J'ai eu des
cartons pleins de compositions bizarres qui suffi-
raient à rendre fou quiconque voudrait se les expliquer.

» Quand elle avait passé ainsi plusieurs heures,
elle m'emmenait voir les essais en marbre qu'elle
avait commandés à tous les statuaires du pays. Il y
en avait plein la cour et plein le jardin, et aucun ne
lui convenait dès qu'elle le voyait exécuté.

» Une autre préoccupation, que je dus et voulus
satisfaire à tout prix, ce fut la matière à employer
pour ce monument imaginaire. Elle fit venir des
échantillons de tous les marbres et de tous les mé-

taux connus ; on exécuta des maquettes de sculpture
et de fonderie en si grande quantité, que la maison
ne pouvait plus les contenir. Il y en avait jusque sur
les lits, et les voyageurs, prenant notre maison pour
un musée, venaient la visiter et nous demander l'explication des sujets bizarres qu'ils voyaient repré-
sentés. La pauvre Sofia se plaisait à les recevoir et à
leur expliquer ses idées. Ils s'éloignaient alors, peinés
et attristés d'être venus là, quelques-uns riant et
haussant les épaules. Les misérables ! leur ironie me
faisait l'effet d'un crime.

» Cependant nos ressources s'épuisaient. M. Goffredi avait laissé à sa femme l'entière jouissance de
sa petite fortune, dont je devais hériter un jour. Un
conseil de famille s'assembla, autant dans mon intérêt, disait-on, que pour se conformer aux intentions
de mon père à mon égard. Un avocat décida qu'il
fallait faire prononcer l'interdiction de la pauvre
Sofia, faire défense aux artistes, fondeurs, praticiens
et fournisseurs de matières coûteuses, de lui rien
livrer, et aviser, quant à elle, à la faire entrer dans
une maison d'aliénés, puisque inévitablement cette
contrariété amènerait chez elle l'état de paroxysme
et de fureur dangereuse pour les autres.

— L'avocat avait raison, dit M. Goefle ; ce parti
était douloureux, mais nécessaire.

— Je vous demande bien pardon, monsieur Goefle ; mais j'en jugeai autrement. Étant l'unique héritier de Goffredi, j'avais le droit de laisser manger mon bien par ma tutrice.

— Non ! vous n'aviez pas ce droit-là. Vous étiez mineur ; la loi protége ceux qui ne peuvent se protéger eux-mêmes.

— C'est ce qui me fut dit ; mais j'étais si bien en état de me protéger moi-même, que je menaçai l'avocat de le jeter par les fenêtres, s'il ne renonçait à son infâme proposition. Mettre ma mère dans une maison d'aliénés ! Il fallait donc m'y enfermer aussi, moi dont elle ne pouvait se passer un seul instant, et qui serais mort d'inquiétude en la sachant livrée à des soins mercenaires ! La priver du seul amusement qui pût exercer sur elle l'influence d'un rassérénement pour ainsi dire magique ! lui arracher le droit de manifester et d'endormir ses regrets par des édifices ruineux, insensés, je le veux bien, mais qui ne faisaient de tort ni de mal à personne ! Et qu'importait notre maison pleine de tombeaux à M. l'avocat gras et fleuri ? Qui le forçait de venir s'apitoyer sur l'argent dépensé en pure perte, ou se moquer des aberrations de douleur de la pauvre veuve ? Je tins bon, la famille me blâma, l'avocat me déclara insensé ; mais ma mère resta tranquille.

— Ah ! ah ! mon garçon, dit M. Goefle en souriant, c'est ainsi que vous traitez les avocats, vous ?... Tenez, donnez-moi donc une poignée de main, ajouta-t-il en regardant Cristiano avec des yeux humides d'attendrissement et de sympathie.

Cristiano serra les mains du bon Goefle, et les porta à ses lèvres à la manière italienne.

— J'accepte votre bonté pour moi, dit-il ; mais je n'accepterais pas d'éloges sur ma conduite. Elle était si naturelle, voyez-vous, que toute préoccupation personnelle dans ma situation eût été infâme. Ne vous ai-je donc pas dit combien j'avais été aimé, choyé, gâté par ces deux êtres dont je me sentais véritablement le fils, autant par les entrailles que par le cœur ? Ah ! j'avais été heureux, bien heureux, monsieur Goefle ! et je n'aurai jamais le droit, quelque désastre qui puisse m'arriver, de me plaindre de la Providence. Je n'avais pas mérité tout ce bonheur-là avant de naître. Ne devais-je pas tâcher de le mériter après avoir un peu vécu ?

— Et que devint la pauvre Sofia ? dit M. Goefle après avoir rêvé quelques instants.

— Hélas ! je me promettais de vous raconter mon histoire aussi gaiement que possible, et voilà que je n'ai pas su effleurer le côté douloureux de mes souvenirs ! Je vous en demande pardon, monsieur Goe-

I. 14

fle ; je vous ai attristé, et je ferais aussi bien de vous
dire tout simplement que la pauvre Sofia n'est plus.

— Sans doute, puisque vous voilà ici. Je vois bien
que vous ne l'eussiez jamais quittée ; mais connut-
elle la misère avant de mourir ? Je veux tout savoir.

— Grâce au ciel, elle ne manqua jamais de rien.
Je ne sais ce qui fût advenu si, toute la fortune man-
gée, il m'eût fallu la quitter pour lui gagner de quoi
vivre ; mais ce n'est pas de cela que je m'inquiétais ;
car je la voyais, malgré son air calme, dépérir rapidement.

» Au bout d'environ deux ans, elle me prit la main,
un soir que nous étions assis en silence au bord du
lac :

» — Cristiano, me dit-elle avec un son de voix extraordinaire, je crois que j'ai la fièvre ; tâte-moi le
pouls et dis-moi ce que tu en penses ?

» C'était la première fois, depuis son malheur,
qu'elle s'occupait de sa santé. Je sentis qu'elle avait
une fièvre violente. Je la fis rentrer, j'appelai son
médecin.

» — Elle est fort mal en effet, me dit-il ; mais qui
sait si ce n'est pas une crise favorable qui s'opère ?

» Depuis son malheur, elle n'avait pas eu la fièvre.

» Je n'espérais pas. Ma mère tomba dans une pro-
fonde somnolence. Aucun remède n'opéra le moindre

effet : elle s'éteignait visiblement. Quelques instants avant de mourir, elle parut retrouver des forces et s'éveiller d'un long rêve. Elle me pria de la soulever dans mes bras et me dit à l'oreille, d'une voix éteinte :

» — Je te bénis, Cristiano! tu es mon sauveur; je crois que j'ai été folle, je t'ai tourmenté; Silvio me l'a reproché tout à l'heure. Je viens de le voir là, et il m'a dit de me lever, de marcher et de le suivre. Aide-moi à sortir de ce tombeau où j'avais la manie de m'enfermer... Viens!... le navire met à la voile... partons !...

» Elle fit un suprême effort pour se soulever, et retomba morte dans mes bras.

» Je ne sais trop ce qui se passa pendant plusieurs jours; il me parut que je n'avais plus rien à faire dans la vie, puisque je n'avais plus que moi-même à garder.

» Je réunis dans la même tombe les restes de mes parents bien-aimés, j'y fis poser la plus simple et la plus blanche de toutes les pierres tumulaires amoncelées dans notre habitation; j'y gravai moi-même leurs noms chéris sans autre épitaphe. Vous pensez bien, hélas! que j'avais pris en horreur toutes les formules et tous les emblèmes. Quand je rentrai dans la maison, on vint me dire qu'elle n'était pas à moi, mais aux créanciers. Je le savais; j'étais si bien pré-

paré d'avance à quitter cette chère petite retraite,
que j'avais déjà fait machinalement mon paquet en
même temps que l'ensevelisseuse roulait le drap
mortuaire autour du pauvre cadavre. Je laissai la li-
quidation aux mains de la famille; j'avais eu assez
d'ordre dans ma prodigalité pour savoir que, s'il ne
me restait rien, du moins je ne laissais aucune dette
derrière moi.

» J'allais quitter la maison quand le petit juif dont
je vous ai parlé se présenta. Je pensais qu'il venait
tâcher d'acquérir à bas prix quelques-unes des précieuses antiquailles de la collection de M. Goffredi,
qui allait être mise aux enchères; mais, s'il y songea,
il eut la délicatesse de ne m'en point parler, et,
comme je l'évitais, il me suivit dans le jardin, où
j'allais cueillir quelques fleurs, seul souvenir matériel que je voulusse emporter. Là, il me mit dans la
main une bourse assez bien garnie, et voulut s'enfuir
sans me donner d'explication.

» Je pensais si peu à d'autres parents que ceux
que je venais de perdre, que je crus à quelque au-
mône dont ce juif était l'intermédiaire, et que je je-
tai la bourse loin de moi pour le forcer à venir la reprendre. Il revint en effet sur ses pas, et, la ramas-
sant, il me dit :

» — Ceci est à vous, bien à vous. C'est de l'argent

que je devais aux Goffredi et que je vous restitue.

» Je refusai. Il se pouvait que cette petite somme fût nécessaire pour parfaire quelque appoint dans les dettes de la succession. Le juif insista.

» — Ceci vient de vos véritables parents, me dit-il; c'est un dépôt qui m'était confié, et que je me suis engagé à vous remettre quand vous en auriez besoin.

» — Je n'ai besoin de rien, lui répondis-je; j'ai de quoi aller à Rome, où les amis de M. Goffredi me trouveront de l'occupation. Rassurez mes parents sur mon compte. Je présume qu'ils ne sont pas riches, puisqu'ils n'ont pu me faire élever sous leurs yeux. Remerciez-les de leur souvenir et dites-leur qu'à l'âge où je suis, avec l'éducation que j'ai reçue, ce sera bientôt à moi de les assister, s'ils ont besoin de moi. Qu'ils se fassent connaître ou non, j'accepterai cette tâche avec plaisir. Ils m'avaient mis en de si bonnes mains, et, grâce à ce choix, j'ai été si heureux, que je leur dois une vive reconnaissance.

» Tels étaient mes sentiments, monsieur Goefle; je ne me fardais point, car tels ils sont encore. Je n'ai jamais éprouvé le besoin d'accuser et d'interroger ceux qui m'ont donné la vie, et je ne comprends pas les bâtards qui se plaignent de n'être pas nés dans une condition de leur choix, comme si tout ce qui vit n'avait pas été de tout temps destiné à

vivre, et comme si ce n'était pas Dieu qui nous appelle ou nous envoie en ce monde dans les conditions qu'il lui plaît d'établir.

» —Vos parents ne sont plus, me répondit le petit
juif. Priez pour eux et recevez l'offrande d'un ami.

» Comme c'était sa troisième réponse, différente
de la seconde et de la première, j'éprouvai une secrète défiance.

» — Est-ce vous par hasard, lui dis-je, qui préten-
dez être cet ami et venir à mon secours?

» — Non, dit-il, je suis un mandataire fidèle et
rien de plus.

» — Eh bien, dites à ceux qui vous ont choisi que
je leur rends grâce, mais que je n'accepte rien, pas
plus des amis qui se montrent que de ceux qui se
cachent. Avez-vous quelque chose à me révéler avec
l'autorisation de ma famille?

» — Non, rien, répondit-il, mais plus tard probablement. Où allez-vous demeurer à Rome?

» — Je n'en sais rien.

» — Eh bien, moi, je le saurai, reprit-il, car je ne
dois pas vous perdre de vue. Adieu, et souvenez-vous
que, si vous tombiez dans la disgrâce, l'argent que
vous voyez-là est à vous, et qu'il suffira de m'avertir
pour que je vous en tienne compte.

» Il me sembla que cet homme parlait avec sin-

cérité en ce moment; mais il se pouvait que ce ne
fût qu'un de ces spéculateurs hardis qui vont au-de-
vant des nécessiteux dans l'espoir de les rançonner
plus tard. Je le remerciai froidement et partis les
mains presque vides.

» Je ne m'embarrassais guère de ce que j'allais devenir. Il ne fallait plus songer aux voyages, mais bien
à trouver un emploi quelconque pour vivre. Quoique,
depuis longtemps, il ne m'eût pas été permis de continuer à m'instruire, grâce à une excellente mémoire
je n'avais rien oublié. Mes petites connaissances
étaient assez variées, et les éléments des choses
étaient assez positifs dans ma tête pour qu'il me fût
possible d'entreprendre avec succès l'éducation particulière d'un jeune garçon. Je désirai surtout cette
fonction dans l'espoir que j'avais de continuer mes
études en prenant sur mon sommeil.

» Mon père avait eu les relations les plus honorables dans la province que nous habitions ; mais,
chose étrange, ma conduite à l'égard de madame
Goffredi fut jugée romanesque et peu digne d'un
homme sérieux. Je m'étais laissé ruiner ; c'était tant
pis pour moi! j'avais mauvaise grâce à demander un
emploi, moi, connu pour un dissipateur aveugle,
pour une espèce de fou! Je ne devais donc pas songer à être placé à Pérouse. A Rome, un des amis de

mon père me fit entrer, en qualité de précepteur,
chez un prince napolitain qui avait deux fils paresseux et sans intelligence, plus une fille bossue, co-
quette et d'humeur amoureuse. Au bout de deux
mois, je demandai mon congé pour me soustraire
aux œillades de cette héroïne de roman dont je ne
voulais pas être le héros.

» Je trouvai à Naples un autre ami de mon père,
un savant abbé, qui me plaça dans une famille
moins opulente, mais beaucoup plus désagréable,
et avec des élèves beaucoup plus obtus que les
précédents. Leur mère, peu jeune et peu belle, me
prit vite en grippe parce que je ne me faisais pas illusion sur ses charmes. Je ne me piquais pas d'une
vertu farouche, je ne m'attribuais pas le droit de
vouloir débuter en amour avec une déesse, je savais
me contenter de beaucoup moins; mais, la maîtresse
de la maison fût-elle passable, je ne voulais pas être
l'amant d'une femme qui me commandait et me
payait. Je m'en allai retrouver mon savant abbé et
lui conter mes ennuis. Il se prit à rire en disant :

» — C'est votre faute; vous êtes beau garçon, et
cela vous rend trop difficile.

» Je le suppliai de me faire entrer chez un veuf
ou chez des orphelins. Après quelques recherches,
il me déclara qu'il tenait mon affaire. Le jeune duc

de Villareggia avait perdu père et mère ; il n'avait
ni sœurs ni tantes. Élevé chez un oncle cardinal, il
avait besoin, non d'un gouverneur, il en avait un,
mais d'un professeur de langues et de littérature :
je fus agréé. Là, ma position devint agréable et
même lucrative. Le cardinal était un homme de savoir et d'esprit ; son neveu, âgé de treize ans, était
fort bien doué et d'un caractère aimable. Je m'atta-
chai beaucoup à lui, et lui fis faire de rapides progrès, tout en étudiant beaucoup moi-même ; car j'a-
vais un logement à moi, et toutes mes soirées libres
pour me livrer au travail. Le cardinal était si content de moi, que, pour me retenir exclusivement et
m'empêcher de prendre d'autres élèves, il me rétri-
buait assez largement.

» Ma conduite fut studieuse et régulière pendant
environ un an ; j'avais eu tant de chagrin et je sentais si bien mon isolement dans la société, que je
prenais la vie au sérieux peut-être plus qu'elle ne
le mérite. J'aurais pu tourner au pédant, si le cardinal ne se fût attaché à me pousser spirituellement et
gracieusement à la légèreté et à la corruption du
siècle. Il me fit homme du monde, et je ne sais trop
si je dois lui en savoir gré. J'en vins peu à peu à
perdre beaucoup de temps pour ma toilette, mes
amourettes et mes plaisirs. Le palais du prélat était

le rendez-vous des beaux esprits du cru et des indi-
vidualités brillantes de la ville. On ne me demandait
pas de moraliser mon élève, mais d'orner son esprit
de choses agréables et légères. On ne me demandait,
à moi, que d'être aimable avec tout le monde. Ce
n'était pas difficile au milieu de gens frivoles et
bienveillants ; je devins *charmant,* plus charmant
qu'il ne convenait peut-être à un orphelin sans appui, sans fortune et sans avenir.

» Je menai peu à peu une vie assez dissolue, et,
pendant quelque temps, je me trouvai sur la pente du
mal, encouragé et comme poussé en bas par tout ce
qui m'environnait, retenu seulement par le souvenir
de mes parents et la crainte de devenir indigne du
nom qu'ils m'avaient laissé ; car je dois vous dire
que, par son testament, mon père adoptif m'avait
intimé l'ordre de m'appeler Cristiano Goffredi, et
c'est sous ce nom que j'étais connu à Naples. C'était
une excellente recommandation pour moi que ce
nom honorable auprès des personnes graves et sen-
sées ; mais j'oubliai trop vite que ce nom roturier
devait m'imposer une grande prudence et une grande
réserve dans mes rapports avec la jeunesse titrée
que je coudoyais chez le cardinal. Je me laissai aller
aux prévenances de l'intimité. On me savait gré de
n'avoir ni la gaucherie ni l'austérité d'un pédagogue

de profession. On m'invitait, on m'entraînait. J'étais
de toutes les parties de plaisir de la plus brillante
jeunesse.

» Le cardinal me félicitait de savoir concilier les
soupers, les bals et les veilles avec l'exactitude et la
lucidité que j'apportais toujours à l'enseignement
de son neveu ; mais, moi, je voyais bien et je sentais
bien que je ne cultivais plus assez mon intelligence,
que je m'arrêtais en route, que je m'habituais insensiblement à n'être qu'un beau parleur et un talent
creux, que je tournais trop au comédien de société
et au poëte de salon, que je ne faisais sur mon traitement aucune économie en vue de ma liberté et de
ma dignité futures, que j'avais de trop beau linge
sur le corps et pas assez de poids dans la cervelle,
enfin que je m'étais laissé prendre entre deux lignes
parallèles, le désordre et la nullité, et que je risquais
fort de n'en jamais sortir.

» Ces réflexions, que je chassais le plus souvent, me
rendaient cependant parfois très-soucieux. Au fond,
ces plaisirs, qui m'enivraient, ne m'amusaient pas.
J'avais connu chez mes parents et avec eux de plus
nobles jouissances et des amusements plus réels. Je
me retraçais tous les souvenirs de ces charmantes
promenades que nous avions faites ensemble, avec
un but sérieux qui trouvait toujours des satisfactions

pures, et, dans l'activité fiévreuse de ma nouvelle
vie, je me sentais languir et retomber sur moi-même,
comme au sein d'une accablante oisiveté. Je me
mettais à rêver la grande existence des lointaines
excursions, et je me demandais, en voyant ma bourse
constamment à sec, si je n'eusse pas mieux fait de
consacrer à la satisfaction de mes véritables goûts
physiques et de mes véritables besoins intellectuels
le fruit de mon travail, gaspillé en divertissements
qui laissaient mon corps accablé et mon âme vide.
Puis je me sentais tout à coup étranger à ce monde
léger, à cette société asservie, à ce climat énervant,
à cette population paresseuse, enfin à tout ce milieu
où je ne tenais point par les racines vitales de la famille. Je me sentais à la fois plus actif et plus re-
cueilli. Je pensais aussi, malgré mes vingt-trois ans
et ma misère, à me marier pour avoir un chez moi,
un but de réforme, un sujet de préoccupation ; mais
le cardinal, à qui je confiais mes accès d'inquiétudes
morales, me plaisantait et me traitait de fou.

— Tu as trop bu ou trop travaillé hier au soir, me
disait-il ; ton cerveau se remplit de vapeurs. Dissipe-
les en allant voir la *Cintia* ou la *Fiammetta*, et surtout
ne te marie pas avec elles.

» J'aimais le cardinal : il était bon et enjoué ; mais,
bien qu'il me traitât paternellement et sans morgue,

je voyais trop qu'il était plus aimable qu'aimant,
qu'il savait rendre son entourage agréable, et que j'y
étais pour quelque chose, mais qu'il n'était pas
homme à me supporter longtemps près de lui, si
je tombais dans la mélancolie et si je devenais en-
nuyeux.

» Je tâchai de m'étourdir et de m'oublier dans le
bien-être présent, de vivre au jour le jour sans souci
du lendemain comme tout ce qui m'entourait. Je ne
pus y parvenir. L'ennui augmenta, le dégoût se prononça ouvertement. Je me sentais rassasié d'amours
faciles, d'engouements sensuels partagés sans combat par des femmes de tous les rangs. Pour moi, pauvre roturier, ces plaisirs avaient eu d'abord l'attrait
de bonnes fortunes. En voyant que mon perruquier,
qui était un fort beau garçon, avait autant de succès
que moi, je pris les marquises en horreur. Je voulus
quitter Naples. Je demandai au cardinal de m'envoyer vivre dans une de ses villas, en Calabre ou en
Sicile. Je me serais fait intendant ou bibliothécaire,
n'importe où. J'avais soif de repos et de solitude. Il
se moqua encore de mes projets de retraite. Il n'y
croyait pas. Il ne me jugeait pas plus fait pour être
intendant que pour être moine. Il avait sans doute
raison, mais il eut bien tort, comme vous allez voir,
de me retenir.

» Un autre neveu du cardinal revint de ses voyages et s'installa dans la maison. Autant le jeune Tito Villareggia était sympathique et bienveillant, autant son cousin Marco Melfi était sot, absurde, impertinent et vaniteux. Il fut désagréable à tout le monde et s'attira plusieurs duels pour son début. Il était grand ferrailleur et blessa ou tua ses adversaires sans recevoir d'égratignure, ce qui porta son outrecuidance à un excès insoutenable. Je me tins sur la réserve du mieux que je pus ; mais, un jour, poussé à bout par sa grossièreté provoquante, je lui donnai un démenti formel et lui en offris réparation les armes à la main. Il refusa, parce que je n'étais pas gentilhomme, et, s'élançant sur moi, voulut me souffleter. Je le terrassai, et le laissai sans autre mal qu'un étouffement de fureur. L'esclandre fit grand bruit. Le cardinal me donna raison tout bas, et me pria de m'en aller bien vite me cacher dans une de ses terres jusqu'à ce que Marco Melfi fût reparti pour d'autres voyages.

» L'idée de me cacher me révolta.

» — Malheureux ! me dit le cardinal, ne sais-tu pas que mon neveu est *forcé* à présent de te faire assassiner?

» Le mot *forcé* me parut plaisant. Je répondis au cardinal que je *forcerais* Marco à se battre avec moi.

» — Tu ne peux pas tuer mon neveu ! me dit-il en
me frappant avec gaieté sur la tête. Quand même tu
serais assez habile pour cela, tu ne voudrais pas
payer de la sorte l'amitié paternelle que je t'ai mon-
trée ?

» Cette réflexion me ferma la bouche. Je rentrai
chez moi et fis mes préparatifs de départ. J'aurais
dû y mettre plus de mystère ; mais je répugnais à
paraître me sauver en cachette. Tout à coup, comme
je sortais de ma chambre pour chercher une petite
caisse dans le vestibule de la maison que j'habitais
seul, deux bandits tombent sur moi, et se mettent
en devoir de me garrotter. En me débattant, je les
entraîne au bas de l'escalier ; mais, comme j'allais
leur échapper, la porte se ferme brusquement, et
j'entends sous le vestibule intérieur une voix aigre
qui s'écrie :

» — Courage, liez-le ! Je veux qu'il périsse là, sous
le bâton !

» C'était la voix de Marco Melfi.

» L'indignation me donna en ce moment des forces surhumaines. Je luttai si énergiquement contre
mes deux bandits, que je les mis hors de combat en
peu d'instants. Alors, sans me soucier d'eux, je m'é-
lançai vers Marco, qui, voyant échouer son entre-
prise, voulait se retirer. Je le collai contre la porte

et lui arrachai l'épée qu'il voulait tirer pour se défendre.

» — Misérable ! lui dis-je, je ne veux pas t'assassiner ; mais tu te battras avec moi, et tout de suite !

» Marco était faible et chétif. Je le forçai de remonter devant moi l'escalier, je le poussai dans ma chambre, dont je fermai la porte à double tour ; je pris mon épée, et, lui rendant la sienne :

» — A présent, lui dis-je, défends-toi ; tu vois bien qu'il faut quelquefois se battre avec un homme de rien !

» — Goffredi, me répondit-il en baissant la pointe de son épée, je ne veux pas me battre, et je ne me battrai pas. Je suis trop sûr de te tuer, et vraiment ce serait dommage, car tu es un brave garçon. Tu pouvais m'assassiner, et tu ne l'as pas fait. Soyons amis !...

» Confiant et sans rancune, j'allais prendre la main qu'il me tendait, lorsqu'il me porta vivement et adroitement de la main gauche un coup de stylet à la gorge. J'esquivai l'arme, qui glissa et me blessa à l'épaule. Alors je ne connus plus de frein : j'attaquai ce fourbe avec fureur et le forçai de se défendre. Nos armes étaient égales, et il avait sur moi l'avantage d'une adresse et d'une pratique dont je n'approchais certainement pas. Quoi qu'il en soit, je l'étendis mort à mes pieds. Il tomba l'épée à la main, sans dire une parole, mais avec un sourire infernal sur les lèvres. On frappait violemment à la porte, on la poussait pour l'enfoncer. Il se crut peut-être au moment d'être vengé. Moi, épuisé de lassitude et d'émotion, je sentis que j'étais perdu, soit que les assassins fussent revenus de leur étourdissement, soit que les sbires eussent été avertis par eux de venir s'emparer de moi. Je rassemblai ce qui me restait de forces pour sauter par la fenêtre. Le saut n'était que d'une vingtaine de pieds; j'arrivai sans grand mal sur le pavé de la cour, et, serrant mon habit autour de moi, pour que le sang qui jaillissait de mon épaule ne marquât pas ma trace, je m'enfuis aussi loin que mes jambes purent me porter.

» Bien me prit de pouvoir gagner la campagne. Mon affaire était des plus mauvaises, s'étant passée sans témoins. Et qu'importait, d'ailleurs, que je fusse dans mon droit, que ma conduite eût été loyale et généreuse, que mon adversaire fût un lâche scélérat? Il était de l'une des premières familles du royaume, et la sainte inquisition n'eût fait qu'une bouchée d'un pauvre hère de mon espèce.

» Je trouvai un refuge pour la nuit dans une cabane de pêcheurs; mais je n'avais pas sur moi une

obole pour payer l'hospitalité dangereuse que je ré-
clamais. D'un autre côté, mes habits déchirés et
souillés de sang ne me permettaient plus de me
montrer dehors. Ma blessure, — grave ou non, je
n'en savais rien, — me faisait beaucoup souffrir. Je
me sentais faible, et je savais bien que toute la police
du royaume était déjà en émoi pour m'appréhender
au corps. Couché sur une mauvaise natte, dans une
petite soupente, je pleurai amèrement, non sur ma
destinée, je ne me serais pas permis cette faiblesse,
mais sur la brusque et irréparable rupture de mes
relations avec le bon cardinal et mon aimable élève.
Je sentis combien je les aimais, et je maudis la fata-
lité qui m'avait réduit à ensanglanter cette maison
où j'avais été accueilli avec tant de confiance et de
douceur.

» Mais il ne s'agissait pas de pleurer, il s'agissait
de fuir. Je pensais bien à aller trouver le petit juif
qui prétendait connaître mes parents ou les amis
mystérieux qui veillaient sur moi, ou qui l'avaient
chargé de le faire. J'ai oublié de vous dire que cet
homme était venu se fixer à Naples, et que je l'a-
vais plusieurs fois rencontré; mais rentrer dans la
ville me parut trop périlleux : écrire au juif, c'était
risquer de me faire découvrir. J'y renonçai.

» Je ne vous ferai pas le récit des aventures de dé-

tail au milieu desquelles s'opéra mon évasion du
territoire de Naples. J'avais réussi à échanger mes
vêtements en lambeaux contre des guenilles moins
compromettantes. Je trouvais difficilement à manger;
les hommes du peuple, sachant que l'on poursuivait
le vil assassin d'un noble personnage, se méfiaient de
tout inconnu sans ressources, et, n'eussent été les femmes, qui en tout pays sont plus courageuses et plus humaines que nous, je serais mort de faim et de fièvre.
Ma blessure me forçait e m'arrêter souvent dans les
recoins les plus déserts que je pouvais trouver, et, là,
privé des soins les plus élémentaires, j'envisageai
plus d'une fois l'éventualité d'y rester, faute de pouvoir me relever et reprendre ma course. Eh bien,
croiriez-vous, monsieur Goefle, que, dans cette situation désespérée, j'éprouvais par moments des
bouffées de joie, comme si, en dépit de tout, je sa-
vourais l'aurore de ma liberté reconquise ? L'air, le
mouvement, l'absence de contrainte, la vue des cam-
pagnes dont je pouvais maintenant espérer de franchir les horizons sans limites, tout, jusqu'à la rudesse de ma couche sur le rocher, me rappelait les
projets et les aspirations du temps où j'avais réellement vécu.

» Enfin j'approchais sans accident de la frontière
des États du pape, et, comme je n'avais pas suivi la

route de Rome, j'avais tout lieu d'espérer que, grâce à un détour dans les montagnes, je n'avais été signalé et suivi par aucun espion. Je m'arrêtai dans un village pour vendre ma marchandise, car il faut vous dire qu'ayant horreur de mendier et me sentant irrité par les refus au point d'être tenté de battre les gens qui me renvoyaient brutalement, j'avais imaginé de me faire marchand...

— Marchand de quoi donc, dit M. Goefle, puisque vous n'aviez pas une obole?

— Sans doute ; mais j'avais sur moi, au moment de ma fuite, un canif qui fut mon gagne-pain. Quoique je n'eusse jamais fait de sculpture, je connaissais assez bien les lois du dessin, et, un jour, ayant rencontré sur ma route une roche très-blanche et très-tendre, j'eus l'idée de prendre une douzaine de fragments que je dégrossis sur place, et qu'ensuite je taillai dans mes moments de repos en figurines de madones et d'angelots de la dimension d'un doigt de haut. Cette pierre ou plutôt cette craie étant fort légère, je pus me charger ainsi d'une cinquantaine de ces petits objets que je vendais, en passant dans les fermes et dans les maisons de paysans, pour cinq ou six baïoques pièce. C'était à coup sûr tout ce qu'elles valaient, et, pour moi, c'était du pain.

» Cette industrie m'ayant réussi pendant deux

jours, j'espérais, en voyant que c'était jour de
marché dans ce village, pouvoir me débarrasser
sans danger de mon fonds de commerce; mais,
comme je trouvais peu de chalands à cause de la con-
currence que me faisait un Piémontais porteur d'un
grand étalage de plâtres moulés, j'imaginai de m'asseoir par terre et de me mettre à travailler ma pierre
avec mon canif à la vue de la population, bientôt
rassemblée autour de moi. Dès lors j'eus le plus grand
succès. La promptitude et probablement la naïveté
de mon travail charmèrent l'assistance, et ces bonnes gens se livrèrent autour de moi, les femmes et
les enfants surtout, à des démonstrations d'étonnement et de plaisir qui me firent du mouleur piémontais un rival jaloux et irrité. Celui-ci m'interpella
plusieurs fois avec grossièreté sans que je perdisse
patience. Je voyais bien qu'il cherchait bataille pour
me forcer à décamper, et je me contentai de me
moquer de lui, en lui disant de faire lui-même ses
statuettes, et de montrer ses talents à la compagnie :
en quoi je fus fort applaudi. En Italie, le plus bas
peuple aime tout ce qui sent l'art. Mon concurrent fut
bafoué et traité de stupide machine, tandis qu'on me
décernait à grand bruit le titre d'artiste.

» Le méchant drôle imagina une grande noirceur
pour se venger. Il laissa choir exprès deux ou trois

I.   15.

mauvaises pièces de son étalage, et fit de grands cris
pour appeler les gardes de police qui circulaient dans
la foule. Dès qu'il eut réussi à les attirer, il préten-
dit que j'avais ameuté la populace contre lui ; qu'on
l'avait poussé, au grand détriment de sa fragile marchandise ; qu'il était un honnête homme, payant
patente et bien connu dans le pays, tandis que je
n'étais qu'un vagabond sans aveu, et peut-être quelque chose de pis, qui sait? peut-être le *vil assassin
du cardinal*. C'est ainsi que l'on racontait déjà l'événement arrivé à Naples, et c'est moi que l'on dési-
gnait de la sorte à l'animadversion publique et aux
agents de la police. Le peuple prit mon parti ; de
nombreux témoins protestaient de mon innocence
et de la leur propre. Personne n'avait heurté ou seulement touché l'étalage du mouleur. Le groupe qui
m'entourait fit pacifiquement tête aux gardes, et
s'ouvrit pour me laisser fuir.

» Mais, s'il y avait là de braves gens, il y avait aussi
des gredins ou des poltrons qui me désignèrent du
doigt sans rien dire, au moment où j'enfilais préci-
pitamment une petite rue tortueuse. On me suivit ;
j'avais de l'avance, mais je ne connaissais pas la localité, et, au lieu de gagner la campagne, je me
trouvai sur une autre petite place, au milieu de laquelle une baraque de marionnettes absorbait l'at-

tention d'un assez nombreux auditoire. Je m'étais à peine glissé dans cette petite foule, que je vis les gardes en faire le tour et y jeter des regards pénétrants. Je me faisais le plus petit possible, et j'affectais de prendre grand intérêt aux aventures de Polichinelle, pour ne pas étonner les voisins qui me coudoyaient, lorsqu'une idée lumineuse surgit dans ma tête surexcitée. Bien conseillé par le danger qui me presse, je m'insinue toujours plus avant dans le groupe compacte et inerte que les gardes s'efforçaient de percer. J'arrive ainsi à toucher la toile de la baraque; je me baisse peu à peu; tout à coup je me glisse sous cette toile comme un renard dans un terrier, et je me trouve blotti presque entre les jambes de l'*operante* ou *recitante*, c'est-à-dire de l'homme qui faisait mouvoir et parler les marionnettes?

» Vous savez ce que c'est, monsieur Goefle, qu'un théâtre de marionnettes?

— Parbleu! J'ai vu à Stockholm dernièrement celui de Christian Waldo.

— Vous l'avez vu... en dehors?

— Seulement; mais je me doute bien de l'intérieur, quoique celui-ci m'ait paru assez compliqué.

— C'est un théâtre à deux *operanti*, soit quatre mains, c'est-à-dire quatre personnages en scène; ce

qui permet un assez nombreux personnel de *burattini*.

— Qu'est-ce que cela, *burattini*?

— C'est la marionnette classique, primitive, et
c'est la meilleure. Ce n'est pas le *fantoccio* de toutes
pièces qui, pendu au plafond par des ficelles, marche sans raser la terre ou en faisant un bruit ridicule et invraisemblable. Ce mode plus savant et plus
complet de la marionnette articulée arrive, avec de
grands perfectionnements de mécanique, à simuler
des gestes assez vrais et des poses assez gracieuses :
nul doute que l'on ne puisse en venir, au moyen
d'autres perfectionnements, à imiter complétement
la nature; mais, en creusant la question, je me suis
demandé où serait le but, et quel avantage l'art
pourrait retirer d'un théâtre d'automates. Plus on
les fera grands et semblables à des hommes, plus le
spectacle de ces acteurs postiches sera une chose
triste et même effrayante. N'est-ce pas votre avis?

— Certainement; mais voilà une digression qui
m'intéresse moins que la suite de votre histoire.

— Pardon, pardon, monsieur Goefle, cette digression m'est nécessaire. Je touche à une phase
assez bizarre demon existence, et il faut que je vous
démontre la supériorité du *burattino;* cette repré-
sentation élémentaire de l'artiste comique n'est, je

tiens à vous le prouver, ni une machine, ni une ma-
rotte, ni une poupée : c'est un être.

— Ah! oui-da, un être? dit M. Goefle en regardant avec étonnement son interlocuteur et en se
demandant s'il n'était pas sujet à quelque accès de
folie.

— Oui, un être! je le maintiens, reprit Cristiano
avec feu ; c'est d'autant plus un être que son corps
n'existe pas. Le *burattino* n'a ni ressorts, ni ficelles,
ni poulies : c'est une tête, rien de plus; une tête ex-
pressive, intelligente, dans laquelle... tenez!

Ici, Cristiano s'en alla sous l'escalier et ouvrit
une caisse d'où il tira une petite figure de bois garnie de chiffons, qu'il jeta par terre, releva, fit sauter en l'air et rattrapa dans sa main.

« — Tenez, tenez, reprit-il, vous voyez cela : une
guenille, un copeau qui vous semble à peine équarri.
Mais voyez ma main s'introduire dans ce petit sac de
peau, voyez mon index s'enfoncer dans la tête creuse,
mon pouce et mon doigt du milieu remplir cette
paire de manches et diriger ces petites mains de
bois qui vous apparaissent courtes, informes, ni ouvertes ni fermées, et cela à dessein, pour escamoter
à la vue leur inertie. A présent, prenons la distance
combinée sur la grandeur du petit être. Restez là, et
regardez.

En parlant ainsi, Cristiano monta en deux enjambées l'escalier de bois, se baissa de manière à cacher son corps derrière la rampe, éleva sa main sur cette rampe, et se mit à faire mouvoir la marionnette avec une adresse et une grâce infinies.

— Vous voyez bien, s'écria-t-il toujours gaiement, mais avec une conviction réelle ; voilà l'illusion produite, même sans théâtre et sans décors ! Cette figure, largement ébauchée et peinte d'un ton mat et assez terne, prend peu à peu dans son mouvement l'apparence de la vie. Si je vous montrais une belle marionnette allemande, vernie, enluminée, couverte de paillons et remuant avec des ressorts, vous ne pourriez pas oublier que c'est une poupée, un ouvrage mécanique, tandis que mon *burattino*, souple, obéissant à tous les mouvements de mes doigts, va, vient, salue, tourne la tête, croise les bras, les élève au ciel, les agite en tout sens, salue, soufflette, frappe la muraille avec joie ou avec désespoir... Et vous croyez voir toutes ses émotions se peindre sur sa figure, n'est-il pas vrai ? D'où vient ce prodige, qu'une tête si légèrement indiquée, si laide à voir de près, prenne tout à coup, dans le jeu de la lumière, une réalité d'expression qui vous en fait oublier la dimension réelle ? Oui, je soutiens que, quand vous voyez le *burattino* dans la main d'un véritable artiste, sur un théâtre dont les décors bien entendus, la dimension, les plans et l'encadrement sont bien en proportion avec les personnages, vous oubliez complétement que vous n'êtes pas vous-même en proportion avec cette petite scène et ces petits êtres, vous oubliez même que la voix qui les fait parler n'est pas la leur. Ce mariage, impossible en apparence, d'une tête grosse comme mon poing et d'une voix aussi forte que la mienne s'opère par une sorte d'ivresse mystérieuse où je sais vous faire entrer peu à peu, et tout le prodige vient... Savez-vous d'où vient le prodige? Il vient de ce que ce *burattino* n'est pas un automate, de ce qu'il obéit à mon caprice, à mon inspiration, à mon entrain, de ce que tous ses mouvements sont la conséquence des idées qui me viennent et des paroles que je lui prête, de ce qu'il est *moi* enfin, c'est-à-dire un être, et non pas une poupée.

Ayant ainsi parlé avec une grande vivacité, Cristiano descendit l'escalier, posa la marionnette sur la table, ôta son habit en demandant pardon à M. Goefle d'avoir trop chaud, et se remit à cheval sur sa chaise pour reprendre le fil de son histoire.

Pendant cette bizarre interruption, M. Goefle avait eu une attitude non moins comique.

— Attendez donc ! dit-il en prenant le *burattino ;* tout ce que vous avez dit là est vrai et bien raisonné.

Et maintenant je m'explique le plaisir extraordinaire
que j'ai pris aux représentations de Christian Waldo;
mais ce que vous ne me dites pas et ce que je vois
clairement, c'est que ce bon petit personnage que je
tiens là... et que je voudrais bien faire remuer et
parler... Allons, mon petit ami, ajouta-t-il en enfonçant ses doigts dans la tête et dans les manches du
burattino, regarde-moi un peu... C'est cela, oui, tu
es fort gentil, et je te vois de près avec plaisir. Eh
bien, je te reconnais maintenant; tu es Stentarello,
le jovial, le moqueur, le gracieux Stentarello, qui
m'a tant fait rire, il y a quinze jours, à Stockholm.
Et vous, mon garçon, ajouta encore M. Goefle en se
tournant vers son hôte, bien que je n'aie jamais vu
votre figure, je vous reconnais aussi parfaitement à
la voix, à l'esprit, à la gaieté et même à la sensibilité;
vous êtes Christian Waldo, le fameux *operante reci-*
tante des *burattini* napolitains !

— Pour avoir l'honneur de vous servir, répondit
Christian Waldo en saluant le docteur avec grâce, et,
si vous désirez savoir comment Cristiano del Lago,
Cristiano Goffredi et Christian Waldo sont une seule et
même personne, écoutez le reste de mes aventures.

— J'écoute, et, à présent, j'en suis très-curieux ;
mais je veux savoir d'où vient ce nouveau nom de
Christian Waldo.

— Oh ! celui-là est tout nouveau, en effet ; il date de l'automne dernier, et il me serait difficile de vous dire pourquoi je l'ai choisi. Je crois qu'il m'est venu en rêve, comme une réminiscence de quelque nom de localité qui m'aurait frappé dans mon enfance.

— C'est singulier ! n'importe. Vous m'avez laissé dans la baraque des *burattini*, sur la place de...

— De Celano, reprit Christian. Encore sur les rives d'un beau lac ! Je vous assure, monsieur Goefle, que ma destinée est liée à celle des lacs, et qu'il y à là-dessous un mystère dont je saurai peut-être un jour le mot.

» Vous n'avez pas oublié que j'avais la police à mes trousses et que, sans la baraque des marionnettes, j'étais probablement pris et pendu. Or, cette baraque était fort petite et ne pouvait guère contenir qu'un homme. Quand je vous ai demandé, à vous habitant d'un pays où ce divertissement tout italien n'est guère en usage et n'a peut-être été apporté que par moi, si vous saviez comment les baraques de *burattini* étaient agencées, c'était pour vous montrer ma situation entre les jambes de l'*operante*, lequel, occupé à faire battre *Pulcinella* avec le sbire, les mains et les yeux en l'air, et l'esprit également tendu à l'improvisation de son drame burlesque, n'avait pas le loisir de voir et de comprendre ce qui se pas-

sait à la hauteur de son genou. Ce n'était donc pour
moi qu'une minute de répit entre le dénoûment de
la pièce et celui de ma destinée.

» Je sentis qu'il ne fallait pas attendre mon salut
du hasard ; je pris à terre deux *burattini* qui représentaient, par une singulière coïncidence avec ma
situation, un bourreau et un juge, et, me serrant
contre l'*operante,* je me levai près de lui, comme je
pus ; je posai les marionnettes sur la planchette, et,
au risque de crever la toile de la baraque, j'intro-
duisis à l'impromptu une scène inattendüe dans la
pièce. La scène eut un succès inimaginable, et mon
associé, sans se déconcerter le moins du monde, la
saisit au vol, et, quoique fort à l'étroit, soutint le
dialogue avec une gaieté et une présence d'esprit non
moins extraordinaires.

— Merveilleuse et folle Italie ! s'écria M. Goefle :
ce n'est que là vraiment que les facultés sont si fines
et si soudaines !

— Celles de mon compère, reprit Christian, étaient
bien plus pénétrantes encore que vous ne l'imaginez.
Il m'avait reconnu, il avait compris ma situation, il
était résolu à me sauver.

— Et il vous sauva ?

— Sans rien dire, et, pendant que je faisais, à sa
place, au public, le discours final, il m'enfonça un

bonnet à lui sur la tête, me jeta une guenille rouge
sur les épaules, me passa de l'ocre sur la figure ;
puis, dès que la toile fut baissée :

» — Goffredi, me dit-il à l'oreille, prends le théâtre
sur ton dos et suis moi.

» En effet, nous traversâmes ainsi la place et sor-
tîmes du village sans être inquiétés. Nous marchâ-
mes toute la nuit, et, avant que le jour parût, nous
étions dans la campagne de Rome.

— Quel était donc, dit M. Goefle, cet ami dévoué?

— C'était un fils de famille, nommé Guido Massarelli, qui se sauvait, comme moi, du royaume de
Naples. Son affaire était moins grave : il ne se sous-
trayait qu'à ses créanciers ; mais il ne me valait
pourtant pas, monsieur Goefle, je vous en réponds !
Et cependant c'était un aimable jeune homme, un
garçon instruit et spirituel, une nature séduisante
au possible. Je l'avais connu intimement à Naples,
où il avait mangé son héritage et s'était fait beaucoup d'amis. Fils d'un riche commerçant et doué de
beaucoup d'intelligence, il avait reçu une bonne éducation. Il s'était lancé, comme moi, dans un monde
qui devait le mener trop vite ; il s'était vu bientôt
sans ressources. Je l'avais nourri pendant quelque
temps ; mais, ne se contentant plus d'une existence
modeste et ne se sentant pas le courage de tra-

vailler pour vivre, il avait fini par faire des dupes.

— Vous le saviez?

— Je le savais, mais je n'eus pas le courage de le lui reprocher dans un moment où il me sauvait la vie. Il était, comme moi désormais, dans le plus complet dénûment. Il avait pris la fuite avec quelques écus dont il s'était servi pour acheter à un saltimbanque l'établissement de marionnettes qui ne lui servait pas tant à gagner sa vie qu'à cacher sa figure.

» — Vois-tu, me dit-il, l'état que je fais maintenant est, de ma part, un trait de génie. Il y a déjà deux mois que je parcours le royaume de Naples sans être reconnu. Tu me demanderas comment je ne me suis pas sauvé plus loin : c'est que plus loin j'ai aussi des créanciers, et qu'à moins d'aller jusqu'en France, j'en trouverai toujours sur mon chemin. Et puis j'avais laissé à Naples de petites aventures d'amour qui me chatouillaient encore le cœur, et je me suis tenu dans les environs. Grâce à cette légère guérite de toile, je suis invisible au milieu de la foule. Tandis que tous les yeux sont fixés sur mes *burattini*, personne ne songe à se demander quel est l'homme qui les fait mouvoir. Je passe d'un quartier à l'autre, marchant debout dans ma carapace, et, une fois hors de là, nul ne sait si je suis le même homme qui a diverti l'assistance.

» — Certes, voilà une idée, lui répondis-je ; mais que comptes-tu faire à présent ?

» — Ce que tu voudras, répondit-il. Je suis si heureux de te retrouver et de te servir, que je suis prêt à te suivre où tu me conduiras. Je te suis plus attaché que je ne peux dire. Tu as toujours été indulgent pour moi. Tu n'étais pas riche, et tu as fait pour moi en proportion plus que les riches ; tu m'as défendu quand on m'accusait, tu m'as reproché mes égarements, mais en me peignant toujours à mes propres yeux comme capable d'en sortir. Je ne sais si tu as raison ; mais il est certain que, pour te complaire, je ferai un effort suprême, pourvu que ce soit hors de l'Italie ; car, en Italie, vois-tu, je suis perdu, déshonoré, et il faut que j'aille à l'étranger, sous un autre nom, si je veux tenter une meilleure vie.

» Guido parlait d'un air convaincu, et même il versait des larmes. Je le savais bon, et je le crus sincère. Il l'était peut-être en ce moment. A vous dire le vrai, je me suis toujours senti une grande indulgence pour ceux qui sont généreux en même temps que prodigues, et Guido, à ma connaissance, avait été plusieurs fois dans ce cas-là. C'est vous dire, monsieur Goefle, que je ne confonds pas la libéralité avec le désordre égoïste, bien que j'aie péché maintes fois sur ce dernier chef ; tant il y a que je me laissai

persuader et attendrir par mon ancien camarade,
par mon nouvel ami, et que nous voilà sur les terres
papales, déjeunant frugalement ensemble, à l'ombre
d'un bouquet de pins, et faisant un plan de conduite
à nous deux.

» Nous étions aussi dénués l'un que l'autre ; mais
ma situation, plus grave légalement que la sienne,
n'avait rien de désespéré. Il n'avait tenu qu'à moi de
fuir sans tant de risques, de fatigues et de misères.
Je n'aurais eu qu'à me réfugier hors de Naples,
chez la première venue des personnes honorables qui
m'y avaient témoigné de l'amitié, et qui certes au-
raient cru à ma parole en apprenant de quelle manière j'avais été forcé, en quelque sorte, de tuer mon
lâche ennemi. Il était haï, et moi, j'étais aimé. On
m'eût accueilli, caché, soigné et mis en mesure de
quitter le pays par protection. Devant de hautes influences, la police, l'inquisition même, eût peut-être
fermé les yeux. Cependant je n'avais pu me résoudre
à prendre ce parti ; la cause de mon insurmontable
répugnance, c'était le manque d'argent et la nécessité d'accepter les premiers secours. J'avais joui chez
le cardinal d'un assez beau traitement pour n'avoir
pas le droit de partir les mains vides. Lui-même ne
pouvait se douter de mon dénûment. J'aurais rougi
d'avouer, non pas que j'étais sans argent, c'était le

cas perpétuel des jeunes gens du monde que je fréquentais, mais que je n'étais pas en situation d'en avoir avant d'être mis en possession d'un nouvel emploi, et encore, en supposant que j'y porterais une conduite plus clairvoyante et plus régulière que je n'avais fait par le passé. Quant à ce dernier point, je voulais bien en prendre l'engagement vis-à-vis de moi-même ; mais ma fierté ne pouvait se résoudre à le prendre vis-à-vis des autres en de semblables circonstances.

» Quand j'expliquai cette situation à Guido Massarelli, il s'étonna beaucoup de mes scrupules, et même il en prit quelque pitié. Plus il m'engageait cependant à aller demander des secours à mes amis de Rome, plus je sentais augmenter ma répulsion : elle était peut-être exagérée ; mais il est certain qu'en me voyant assis côte à côte avec ce compagnon d'infortunes, je ne rougissais pas d'être réduit à manger de la graine de lupin avec lui, tandis que je serais mort de faim plutôt que d'aller avec lui demander à dîner à mes anciennes connaissances. Il avait tant abusé, lui, des demandes, des promesses, des repentirs stériles et des plaidoyers intéressants, que j'aurais craint de paraître jouer un rôle analogue au sien.

» — Nous avons fait des sottises, lui dis-je, il faut

savoir en subir les conséquences. Moi, je suis décidé
à gagner la France par Gênes, ou l'Allemagne par
Venise. J'irai à pied, récoltant ma vie comme je
pourrai. Une fois dans une grande ville, hors de l'I-
talie, où je courrais toujours le danger de tomber, à
la moindre imprudence, dans les mains de la police
napolitaine, j'aviserai à trouver un emploi. J'écrirai
au cardinal pour me justifier, à mes amis pour leur
demander des lettres de recommandation, et je crois
qu'après un peu de misère et d'attente je me place-
rai honorablement. Si tu veux me suivre, suis-moi ;
je t'aiderai de tout mon pouvoir à faire comme moi,
c'est-à-dire à travailler pour vivre honnêtement.

» Guido parut si bien décidé et si bien converti,
que je ne me défendis plus de l'attrait de son intimité. J'avais pourtant bien remarqué qu'il n'y a souvent rien de plus aimable qu'une franche canaille,
et que les caractères les plus sociables sont parfois
ceux qui manquent le plus de dignité ; mais il y a en
nous un sot amour-propre qui nous fait croire à
notre influence sur ces malheureux esprits-là, et,
quand ils nous prennent pour dupes, c'est aussi bien
notre faute que la leur.

» Tous ces préliminaires étaient inévitables pour
vous raconter sans autre réflexion ce qui va suivre.

» Il s'agissait donc de quitter l'Italie, c'est-à-dire

de faire quelques centaines de lieues sans un denier en poche. Je promis à Guido d'en trouver le moyen, et le priai de me laisser seulement quelques jours de repos pour guérir ma blessure, qui s'envenimait cruellement.

» — Cherche ta vie en attendant, lui dis-je ; je resterai là, avec un pain, dans un trou de rocher, auprès d'une source. C'est tout ce qu'il faut à un homme qui a la fièvre. Donnons-nous rendez-vous quelque part ; je t'y joindrai quand je pourrai marcher.

» Il refusa de me quitter, et se fit mon pourvoyeur et mon garde-malade avec tant de zèle et de soins ingénieux pour conjurer la souffrance et la misère, que je ne pus me défendre d'une sincère reconnaissance. Trois jours après, j'étais sur pied, et j'avais réfléchi.

» Voici le résultat de mes réflexions. Nous n'avions rien de mieux à faire que de montrer les marionnettes. Seulement, il fallait rendre le métier plus lucratif et moins vulgaire. Il fallait sortir de l'éternel drame de *Pulcinella*, et improviser à deux, sur des canevas tout aussi simples, mais moins rebattus, des saynètes divertissantes. Guido avait plus d'esprit qu'il n'en fallait pour cet exercice, et, au lieu de s'y livrer avec ennui et dégoût, il comprit

qu'avec moi il y trouverait du plaisir, puisque c'est
une règle générale qu'on n'amuse pas les autres
quand on s'ennuie soi-même. En conséquence, il
m'aida à faire un théâtre portatif en deux parties,
dont chacune nous servait en quelque sorte d'étui
pour marcher à couvert du soleil, de la pluie et des
alguazils, et qui, en se rejoignant au moyen de
quelques crochets, formaient une scène assez large
pour le développement de nos deux paires de
mains. Je transformai en figurines intelligentes et
bien costumées ses ignobles *burattini*, j'y ajoutai
une douzaine de personnages nouveaux que je con-
fectionnai moi-même, et nous fîmes en plein vent,
dans des solitudes agrestes, l'essai de notre nouveau
théâtre.

» Les humbles frais de cet établissement furent
couverts par la vente de mes figurines de dévotion,
en pierre tendre, que Guido sut placer dans la campagne beaucoup plus avantageusement que je ne
l'avais fait moi-même ; au bout de la semaine, nous
parvînmes à donner dans les faubourgs de Rome une
douzaine de représentations qui eurent le plus grand
succès, et qui nous rapportèrent la somme fabu-
leuse de trois écus romains ! C'était de quoi nous remettre en route et traverser les déserts qui séparent
la ville éternelle des autres provinces de l'Italie.

Guido, charmé de notre réussite, eût voulu exploi-
ter Rome plus longtemps. Il est certain que nous
eussions pu nous risquer dans les beaux quartiers et
attirer l'attention des gens du monde sur nos petites
comédies; mais c'est là précisément ce que je crai-
gnais, ce que tous deux nous devions craindre, ayant
tant de motifs de nous tenir cachés. Je décidai mon
compagnon, et nous prîmes la route de Florence,
jouant nos pièces dans les villes et les bourgades
pour faire nos frais de voyage.

» Nous avions pris par Pérouse, et, pour ma part,
ce n'était pas sans dessein que j'avais préféré cette
voie à celle de Sienne. Je voulais revoir ma belle et
chère ville, mon doux lac de Trasimène, et surtout
la petite villa où j'avais passé de si heureux jours.
Nous arrivâmes à Bassignano à l'entrée de la nuit.
Jamais je n'avais vu le soleil couchant si lumineux
sur les eaux calmes et transparentes. Je laissai Guido
s'installer dans une misérable hôtellerie, et je m'en
allai, le long du lac, jusqu'à la *villetta* Goffredi.

» Pour n'être pas reconnu dans le pays, j'avais mis
un masque et un chapeau d'arlequin achetés à Rome
pour les circonstances périlleuses. Quelques gue-
nillesbariolées me travestissaient à l'occasion en saltimbanque officiel, costume très-convenable pour un
montreur de marionnettes destiné à faire les annon-

ces. Les enfants du village me suivirent en criant de joie, pensant que j'allais leur faire *des tours ;* mais je les éloignai en jouant de la batte, et bientôt je me vis seul sur le rivage.

» J'arrivais à la nuit close; la soirée pourtant était claire, et dans le limpide cristal du lac, où s'effacent avec le crépuscule les lignes de l'horizon, on croit côtoyer l'immensité des cieux étoilés et se promener, comme un pur esprit, sur je ne sais quelle fantastique limite de l'infini. — Ah! que la vie est bizarre quelquefois, monsieur Goefle! et que je faisais là un étrange personnage dans mon accoutrement grotesque, cherchant, comme une ombre en peine, sous les saules qui avaient grandi en mon absence, la tombe solitaire de mes pauvres parents! — Je crus un moment qu'on l'avait ôtée de là, qu'on me l'avait volée; car elle était bien à moi, c'était mon seul avoir : j'avais acheté de mes derniers écus le petit coin de terre bénite où j'avais déposé leurs restes.

» Enfin je la trouvai à tâtons, cette humble pierre; je m'assis auprès, et, ôtant mon masque d'arlequin, j'y pleurai en liberté. J'y restai une partie de la nuit, absorbé dans mes réflexions, et voulant, avant de m'éloigner probablement pour toujours, résumer ma vie, me repentir de mes erreurs et prendre de bonnes résolutions. — La grâce divine n'est pas une illusion, monsieur Goefle. Je ne sais pas à quel point vous êtes luthérien, et, quant à moi, je ne me pique pas d'être grand catholique. Nous vivons dans un temps où personne ne croit à grand'chose, si ce n'est à la nécessité et au devoir de la tolérance ; mais, moi, je crois vaguement à l'âme du monde, qu'on l'appelle comme on voudra, à une grande âme, toute d'amour et de bonté, qui reçoit nos pleurs et nos aspirations. Les philosophes d'aujourd'hui disent que c'est une platitude de s'imaginer que l'Être des êtres daignera s'occuper de vermisseaux de notre espèce ; moi, je dis qu'il n'y a rien de petit et rien de grand devant celui qui est tout, et que, dans un océan d'amour, il y aura toujours de la place pour recueillir avec bonté une pauvre petite larme humaine.

» Je fis donc mon examen de conscience sur cette tombe ; car il me semblait que, dans cette pluie de douce lumière dont me baignaient les étoiles tranquilles, mes Goffredi, mon père et ma mère par le cœur, pouvaient bien aussi trouver un petit rayon pour me voir et me bénir. Je ne sentais pas de crime, pas de honte, pas de lâcheté ni d'impiété entre eux et moi ; je ne les avais jamais oubliés un seul jour, et au milieu de mes enivrements, lorsque le démon de la jeunesse et de la curiosité m'avait poussé vers

I.   16.

les abîmes de ce monde vicieux et incrédule, je
m'étais défendu et sauvé en invoquant le souvenir de
Silvio et de Sofia.

» Mais ce n'était pas assez d'avoir évité le mal, il
eût fallu faire le bien. Le bien est une œuvre relative
à la position et à la capacité de chacun de nous.
Mon devoir, à moi, eût été de reprendre les travaux
de Silvio Goffredi, et de me mettre à même, par
mon économie, d'écrire et de publier les résultats de
ses recherches. Pour cela, il eût fallu trouver moyen
d'acquérir quelque fortune afin de compléter ses
voyages. J'y avais songé d'abord, et puis l'inexpé-
rience, les sens et le mauvais exemple m'avaient entraîné à vivre au jour le jour comme un aventurier.
Cette vie d'aventures m'avait, en somme, mené à ma
perte. Si je fusse resté à la place qui convenait à un
modeste professeur, je n'eusse pas été forcé de tuer
Marco Melfi. Il n'eût pas songé à m'insulter, et il ne
m'eût pas même rencontré dans les salons du cardinal ; il ne fût pas venu me chercher dans mon cabinet de travail, au milieu de mes livres ; il n'eût seulement pas su que j'existais. Je n'avais pas mené la
vie qui convenait à un homme sérieux. J'avais voulu
faire le gentilhomme, il avait fallu devenir spadassin.

» —Combien, pensais-je, pleurerait ma pauvre mère,
si elle me voyait là, travesti en farceur de carrefours,

déchirant sur les cailloux ces pieds que jadis elle
réchauffait dans ses mains avant de me porter dans
mon berceau ! Et mon père, ne me blâmerait-il pas
de ce faux point d'honneur qui a fait de moi un
meurtrier et un proscrit ?

» Je me rappelais la vivacité de caractère et la
fierté chatouilleuse du noble Silvio, et pourtant il
n'eût pas su manier une épée, lui, et il avait refusé de
me donner un maître d'armes, disant qu'un homme
avait l'honneur bien fragile quand il ne pouvait pas
se faire respecter sans avoir une brette au flanc !

» Je jurai à la mémoire de ces chers et divins
amis de réparer mes fautes, et, après avoir longtemps contemplé le ciel, où je m'imaginais pouvoir
les supposer réunis dans quelque heureuse étoile,
je repris le chemin du village, sans vouloir m'enquérir de ce qu'était devenue la *villetta*. De quel
droit aurais-je été m'y livrer à de stériles regrets ?
Ce n'était pas pour m'enrichir dans la paresse que
Silvio me l'avait léguée. Il avait dû me bénir du
fond de sa tombe lorsque j'avais tout aliéné et tout
dépensé pour adoucir les derniers jours de sa veuve ;
mais, ce sacrifice accompli, j'aurais dû travailler
d'autant plus, et ne pas croire qu'un petit acte de dévouement domestique me donnait le droit de m'en-
ivrer à la table de ceux qui n'ont rien à faire.

» Je trouvai Guido Massarelli qui venait à ma rencontre au bord du lac. Il était inquiet de moi. Je
lui ouvris mon cœur, et il parut vivement touché de
mon émotion. Assis sur une barque amarrée au rivage, nous causâmes sentiment, morale, philosophie, métaphysique, astronomie et poésie jusqu'aux
premières lueurs du jour. Guido avait une très-
noble intelligence. Hélas ! cette bizarre anomalie se
rencontre dans des caractères lâches, comme pour
faire douter de la logique de Dieu !

» Le lendemain, nous étions en route, et, quelques
jours après, nous rassemblions la foule sur la place
du Vieux-Palais à Florence. Notre recette fut bonne.
Nous pûmes voyager en charrette jusqu'à Gênes.
Nous marchions cependant avec plaisir ; mais notre
bagage, s'augmentant toujours de nouvelles figurines
et de nouveaux décors, devenait très-lourd à porter.

» A Gênes, nouveau succès et recettes extraordinaires. On nous prit en si grande prédilection, que
nous ne pouvions suffire aux demandes particulières. D'abord, sur la place publique, nous avions
diverti le populaire ; mais, quelques passants de plus
haute volée s'étant arrêtés devant la baraque, nous
n'avions pu résister à la coquetterie de monter
notre dialogue à la hauteur d'un public plus relevé.

On l'avait remarqué, on l'avait répété dans le

monde. Un de ces auditeurs de rencontre était un marquis Spinola, qui nous avait mandés chez lui pour divertir ses enfants. Nous nous y étions rendus masqués, ayant fait de notre *incognito* une condition expresse. Le théâtre dressé dans un jardin, nous avions eu pour public la plus brillante et la plus illustre société de la ville.

» Les jours suivants, nous ne sûmes à qui entendre. Tout le monde voulait nous avoir, et Guido fit des conditions très-élevées, qui ne furent discutées nulle part. Le mystère dont nous nous entourions, le soin que nous avions de ne quitter nos masques que dans la baraque, les noms fantastiques que nous nous étions donnés, ajoutèrent sans doute à notre vogue. Tout le monde devina aisément que nous étions deux enfants de famille; mais, tandis que les uns devinaient également que nous étions sur le pavé par suite de quelque sottise, d'autres voulaient se persuader que nous faisions ce métier uniquement pour notre divertissement et par suite de quelque gageure. On alla jusqu'à vouloir reconnaître en nous deux jeunes gens de la ville, qui s'en donnèrent les gants après coup, à ce qu'il nous fut dit plus tard.

» A Nice, à Toulon et jusqu'à Marseille, nous parcourûmes une série de triomphes. Comme nous voyagions lentement, notre renommée nous avait devancés, et, dans les auberges où nous nous arrêtions, nous apprenions qu'on était déjà venu s'informer de nous et nous demander des soirées.

» Après Marseille, notre succès alla en diminuant jusqu'à Paris. Je savais assez bien le français, et, chaque jour, je me débarrassai de l'accent italien, qui d'abord ne me permettait pas de varier suffisamment l'intonation de mes personnages; mais l'accent de Guido, beaucoup plus prononcé que le mien, faisait des progrès en sens inverse, et notre dialogue s'en ressentait. Je ne m'en tourmentais guère. Nous allions quitter le métier de bouffons, et je me flattais d'avoir de quoi attendre un état plus sérieux.

FIN DU TOME PREMIER.

— Troyes, imp. et stér. de G. Bertrand. —